DAS OFFIZIELLE HANDBUCH ZUR FATAL-SERIE VON MARIE FORCE

INHALTSANGABEN UND PERSONENVERZEICHNISSE

FATAL SERIE

MARIE FORCE

Übersetzt von
LOTTA FABIAN

Die Fatal-Serie

Die Geschichte von Sam und Nick geht weiter in der First-Family-Reihe, die mit „State of Affairs – Liebe in Gefahr" beginnt.

VORBEMERKUNG DER AUTORIN

So unglaublich es erscheinen mag, es ist tatsächlich schon fünfzehn Jahre her, dass das erste Buch der Fatal-Reihe, „Fatal Affair", in den USA erschienen ist. Ich freue mich sehr, Ihnen zur Feier dieses Jubiläums diesen Wegbegleiter an die Hand geben zu können. Er enthält zahlreiche Details zu jedem einzelnen Band der Serie – insgesamt sechzehn Romane und zwei kürzere Geschichten – sowie jeweils ein umfassendes Personenverzeichnis.

Die Zusammenstellung dieses Handbuchs war zeitaufwendig und arbeitsintensiv, daher möchte ich mich an dieser Stelle bei Gwen Neff für ihre Unterstützung bei der Organisation bedanken, bei Anne Woodall für das Korrekturlesen und auch bei den Beta-Lesern der Fatal-Reihe, die alles noch einmal überprüft haben: Kelly Hauhn, Amy Altieri, Gina Leveroni, Elizabeth Runyan, Viki Lawson, Jennifer Toman, Maricar Amit und Juliane Sullivan.

Wir haben unser Bestes gegeben, um das Wesentliche jedes Buches zusammenzufassen. Denken Sie jedoch daran, dass sich naturgemäß zahlreiche Spoiler im Text befinden! Seien Sie also vorsichtig, wenn Sie noch nicht die gesamte Reihe gelesen haben. Wir haben uns selbstverständlich bemüht, alles korrekt wiederzugeben, trotzdem bin ich mir sicher, dass treue Leserinnen einiges entdecken werden, was wir übersehen haben. Bitte teilen Sie es mir gerne mit, wenn Ihnen etwas auffällt.

Für diejenigen unter Ihnen, die die Geschichte hinter der Geschichte noch nicht kennen: Die Idee zur Fatal-Reihe stammt von einem Artikel in der *Washington Post* aus dem Jahr 2005 oder 2006, in dem über den Tod eines Kongressabgeordneten aus Ohio berichtet wurde. Nachdem er nicht zur Arbeit erschienen war, wurde er von seinem Stabschef am Fuß einer Treppe in seiner Wohnung aufgefunden, und sein Tod wurde zunächst als „nicht natürlich" eingestuft.

Dieser Artikel ließ mich nicht los, und ich fragte mich: Wer wäre für den Fall zuständig? Das FBI, die U.S. Capitol Police oder das Metropolitan Police Department in Washington, D. C.? Ich recherchierte ein wenig, fand heraus, dass er in den Zuständigkeitsbereich des MPD fallen würde, und das war gewissermaßen die Geburtsstunde der Serie. (Ich frage mich selbst häufig, woher ich die Ideen für meine Bücher bekomme. Das weiß ich auch nicht, bin jedoch froh, dass sie mir bisher nicht ausgehen.)

Sam und Nick sind nun schon so lange Teil meines Lebens, dass ich mich langsam darauf einstellen sollte, dass sie flügge werden. Für mich sind sie genauso real wie die Menschen, die in meinem Haus leben (aber verraten Sie das bitte nicht meiner Familie). Ich liebe sie sehr und hoffe, dass ich noch viele Jahre lang über sie schreiben kann.

Oft erreichen mich Mails von Leserinnen, die wissen möchten, in welchem Buch etwas Bestimmtes passiert ist, und um ehrlich zu sein, bin ich mir manchmal selbst nicht sicher! Bei einigen dieser Bücher ist es fünfzehn Jahren und mehr her, dass ich sie geschrieben habe, sodass mir die Details nicht mehr so präsent sind.

Ich hoffe, dieses Kompendium hilft Ihnen dabei, die gesuchten Informationen zu finden, darunter auch die, wann bestimmte Figuren zum ersten Mal aufgetaucht sind. Auf jeden Fall können Sie so nach Belieben mit Sam, Nick und den anderen Figuren der Fatal-Reihe in Erinnerungen schwelgen.

Vielen Dank an alle Leserinnen, die dieser Reihe – und ihrer Fortsetzung – über die Jahre so großen Erfolg beschert haben. Es wird noch viel mehr von Sam und Nick zu lesen geben.

Alles Liebe
Marie

ONE NIGHT WITH YOU
– WIE ALLES BEGANN

PROLOG ZUR FATAL-SERIE

Veröffentlichungsjahr des Originals: 2015
Neuerscheinung: 6. April 2020
(zuvor veröffentlicht im Band „Mörderische Sühne" und
„D.C. Affairs: Fatales Geheimnis")

Kurzbeschreibung

Die Geschichte einer Liebe, die nicht nur zwei Körper vereint,
sondern auch zwei Seelen
Wie kam es zu dem unvergesslichen One-Night-Stand
zwischen Sam Holland und Nick Cappuano, sechs Jahre bevor
sie sich in „Fatal Affair – Nur mit dir" wiederbegegnen? Was
ist passiert, als Sam und Nick zum ersten Mal aufeinander-
trafen und sie ihre erste gemeinsame Nacht miteinander
verbrachten?
„One Night With You – Wie alles begann" enthüllt alle
Details der schicksalhaften Begegnung, nicht zu vergessen die
heiße Leidenschaft, die vom ersten Moment an zwischen
ihnen aufgelodert und seitdem nie erloschen ist.

Mehr über die Geschichte ...

Nach einem langen Arbeitstag in der Gluthitze des Washing-
toner Sommers lässt sich die Polizeibeamtin Samantha „Sam"
Holland an einem Freitagabend von ihrer Schwester eher
widerwillig zu einer Party mitschleppen. Angela möchte dort
vor allem einen Mann namens Spencer treffen, den sie dringend näher kennenlernen will. Während Angela also irgendwo
draußen auf dem Balkon mit ihrem Schwarm flirtet, sieht Sam
den anderen Gästen zu, wie sie sich betrinken, und wünscht
sich nichts mehr, als zu Hause im Pyjama auf dem Sofa zu
sitzen.
Als dann noch verschüttetes Bier auf ihrem Kleid landet, hat
sie endgültig genug … Doch dann erscheint Nick und reicht
ihr sein Taschentuch – aus Stoff, frisch gebügelt und mit
Monogramm.
Sam verlässt die Party mit ihrem Retter in der Not, eins führt
zum anderen, und sie verbringen die Nacht miteinander. Am
nächsten Morgen fährt Nick Sam nach Hause und verspricht

ihr, sich zu melden, sobald er von einer mehrwöchigen Dienstreise nach Europa zurück ist. Sam kann es gar nicht erwarten, ihre attraktive Bekanntschaft wiederzusehen …

Personenverzeichnis

Wiederkehrende Charaktere mit ** gekennzeichnet
Samantha „Sam" Holland, Streifenpolizistin, Tochter von Deputy Chief Skip Holland, Metro PD
Nicholas „Nick" Domenic Cappuano, persönlicher Referent eines US-Kongressmitglieds

Angela Holland, Sams ältere Schwester
Charles „Skip" Holland, Vater von Sam, Deputy Chief, Metro PD
Jake Malone, Captain, Metro PD
Leonard Stahl, Lieutenant, Metro PD
Spencer Radcliffe, Angelas Freund
Peter Gibson, Sams Mitbewohner, zunächst in platonischer Freundschaft mit ihr verbunden, später Ex-Mann und schließlich Mordopfer in „Fatal Threat– Ich glaub an dich"
Dave Maxwell, Sams Mitbewohner
John Maxwell, Daves Bruder

FATAL AFFAIR – NUR MIT DIR

FATAL-SERIE BAND 1

Veröffentlichungsjahr des Originals: 2010
Neuerscheinung der deutschen Ausgabe: 3. März 2020
(zuvor veröffentlicht unter dem Titel „Mörderische Sühne"
und „D.C. Affairs: Fatales Geheimnis")

Kurzbeschreibung

Nachdem eine Ermittlung in der Katastrophe geendet hat, ist das Selbstvertrauen von Detective Sergeant Sam Holland von der Metropolitan Police tief erschüttert. Außerdem braucht sie nun dringend einen Erfolg, um ihre Karriere zu retten. Als ihr der Fall der brutalen Ermordung von Senator John O'Connor zugewiesen wird, erkennt Sam, dass dies ihre Chance ist, sich zu beweisen.

Womit sie dabei ganz sicher nicht gerechnet hat, ist, Nick Cappuano wiederzusehen – der äußerst loyale Stabschef des Senators, sein engster Freund und der Mann, mit dem Sam vor Jahren eine unvergessliche Nacht verbracht hat.

Sam und Nick müssen zusammenarbeiten, um den Fall zu lösen und das Vermächtnis von Nicks Freund zu schützen. Was es nicht leichter macht, ist die intensive Anziehungskraft, die beide erneut unwiderstehlich verspüren. Doch mit einem wichtigen Zeugen zu schlafen, ist ein Fehler, den Sam sich nicht leisten kann. Und dem Falschen zu vertrauen, könnte tödlich sein.

Mehr über die Geschichte ...

Nick Cappuano kann es nicht fassen, dass sein Chef, der US-Senator John O'Connor, ausgerechnet heute verschlafen hat. Der Senat soll über das wegweisende Einwanderungsgesetz abstimmen, das John mitinitiiert und mit viel Einsatz zur Abstimmung gebracht hat. Und jetzt kommt er nicht aus den Federn? Doch als Nick die Wohnung seines Chefs im Watergate betritt, findet er ihn ermordet in seinem Bett.

Detective Sergeant Sam Holland, die gerade eine katastrophale Undercover-Ermittlung hinter sich hat, die mit dem Tod eines Kindes endete, wird mit dem Fall betraut. Als Sam am Tatort eintrifft, kann sie es kaum glauben: Der Mann, der den Mord gemeldet hat, ist ausgerechnet O'Connors Stabschef Nick Cappuano, mit dem sie vor sechs Jahren einen One-Night-Stand hatte.

Während sie mit ihren Ermittlungen beginnt, erfährt sie, dass Nick sie nach seiner Rückkehr von seiner Dienstreise nach Europa tatsächlich angerufen hat, ihr intriganter Mitbewohner – und mittlerweile Ex-Mann – Peter Gibson seine Nachrichten aber nie an sie weitergeleitet hat, weil er selbst an ihr interessiert war.

Alles, was jene Nacht so besonders und intensiv für sie gemacht hat, alles, was sie füreinander empfunden haben, ist noch da. Doch Sam darf sich nicht mit einem Zeugen einlassen, und ganz besonders nicht, wenn ihre gesamte Karriere auf dem Spiel steht.

Nachdem er vor zwei Jahren im Dienst angeschossen wurde, ist Sams Vater Skip querschnittsgelähmt. Neben ihrer normalen Arbeit beschäftigt sich Sam weiter mit der Aufklärung des bislang ungelösten Falls. Um ihren Vater kümmert sich Celia, seine hingebungsvolle Pflegerin, und es stellt sich heraus, dass die beiden vor den Schüssen auf ihn eine romantische Beziehung hatten.

Je mehr Zeit Sam mit Nick verbringt, desto schwieriger wird es für sie, dem Mann zu widerstehen, in den sie sich bereits vor sechs Jahren verliebt hat – woran sich offenbar auch bis heute nichts geändert hat.

Nick hält eine bewegende Trauerrede für John, die ihn landesweit bekannt macht. Sam erfährt, dass sie befördert worden ist, nachdem der Polizeichef von ihrer Legasthenie erfahren hat, die sie bisher vor ihren Vorgesetzten geheim gehalten hatte. Sie ist nun Lieutenant.

Nick wird gebeten, Johns Platz im Senat einzunehmen, und Sam überführt mit seiner Hilfe Johns Mörder und verhaftet ihn. Sam warnt Nick, dass eine Beziehung mit ihr für ihn als Politiker eine große Belastung darstellen könnte, aber er lässt sich davon nicht beirren. Schon einmal hat er zugelassen, dass sie aus seinem Leben verschwindet, und diesen Fehler will er kein zweites Mal begehen. Ohne ihr Wissen hat er bereits ein Reihenhaus in unmittelbarer Nachbarschaft ihres Vaters gekauft, damit sie bei der Pflege von Skip helfen kann. John hat Nick ein Ferienhaus in Leesburg hinterlassen, sodass er weiterhin in Virginia wohnen und Senator des Bundesstaats werden kann. Sie beschließen, ihrer Beziehung eine Chance zu geben.

Personenverzeichnis

Wiederkehrende Charaktere mit ** gekennzeichnet
Samantha „Sam" Holland, Detective Sergeant, Mordkommission, Metro PD
Nicholas „Nick" Cappuano, Stabschef von Senator John O'Connor

Senator John Thomas O'Connor, Senator von Virginia, Demokrat, Nicks bester Freund und Boss, ermordet in „Fatal Affair – Nur mit dir"
Joseph Farnsworth, Chief, Metro PD
Christina Billings, stellvertretende Stabschefin von Senator John O'Connor
Trevor Donnelly, Kommunikationschef von Senator John O'Connor
Frederico „Freddie" Cruz, Detective, Mordkommission, Metro PD, Sams Partner
Paul Conklin, Deputy Chief, Metro PD
Martin, Senator, Demokrat, Mitinitiator von Johns Gesetzesentwurf
McDougal, Mehrheitsführer im Senat, Demokrat
Carrie, Haushälterin bei Graham und Laine O'Connor
Graham O'Connor, ehemaliger Senator von Virginia, Vater von John O'Connor

Laine O'Connor, Ehefrau von Graham O'Connor, Mutter von John O'Connor

Terry O'Connor, mit Problemen kämpfender älterer Bruder von John O'Connor

Lizbeth O'Connor Hamilton, Schwester von John O'Connor, Ehefrau von Royce, Mutter von Emma und Adam

Royce Hamilton, Pferdetrainer, Ehemann von Lizbeth, Vater von Emma und Adam

William Stenhouse, Oppositionsführer im Senat, Republikaner

David Nelson, Präsident der USA, verstirbt in „Fatal Fraud – Nur in deinen Armen"

Gloria Nelson, First Lady der USA

Celia, Skips Pflegerin und Lebensgefährtin

Marquis Johnson, Drogendealer

Destiny Johnson, Ehefrau von Marquis Johnson, Mutter von Quentin

Quentin Johnson, Sohn im Kleinkindalter von Marquis und Destiny (vor der Handlung von „Fatal Affair – Nur mit dir" verstorben)

Dr. Lindsey McNamara, leitende Gerichtsmedizinerin, Metro PD

Lucien Haverfield, Anwalt der Familie O'Connor

Dr. Anthony Trulo, Polizeipsychologe, Metro PD

Natalie St. Clair Jordan, Ex-Freundin von John O'Connor, verheiratet mit Noel Jordan, ermordet in „Fatal Affair – Nur mit dir"

Judson Knott, Vorsitzender der Demokratischen Partei von Virginia

Richard Manning, stellvertretender Vorsitzender der Demokratischen Partei von Virginia

Patricia Donaldson, ehemalige Freundin von John O'Connor, Mutter von Thomas O'Connor

Thomas John O'Connor, geheim gehaltener Sohn von John O'Connor

Tommy „Gonzo" Gonzales, Detective, Mordkommission, Metro PD

Noel Jordan, stellvertretender Justizminister, Ehemann von Natalie, ermordet in „Fatal Affair – Nur mit dir"

Tara Davenport, Kellnerin, die mit John O'Connor ausgegangen ist, ermordet in „Fatal Affair – Nur mit dir"

Elin Svendsen, Fitnesstrainerin bei Total Fitness, ehemalige Freundin und Geliebte von John O'Connor

Jimmy Chen, Mitglied bei Total Fitness

Robert O'Connor, Bruder von Graham, Ehemann von Sally, Vater von Sarah, Thomas und Michael

Sally O'Connor, Ehefrau von Robert, Mutter von Sarah, Thomas und Michael

Charity Miller, stellvertretende Staatsanwältin, Drilling **Severson**, Streifenpolizist, Arlington PD

Arnold John „A. J." Arnold, Detective, Mordkommission, Metro PD, wird in „Fatal Frenzy – Liebe mich jetzt" erschossen

Matt O'Brien, Streifenpolizist, Metro PD

Higgins, Lieutenant, Sprengstoffexperte, Metro PD

Jeannie McBride, Detective, Mordkommission, Metro PD

Andrea Daly, verheiratete Mutter, Terry O'Connors Alibi

Darren Tabor, Reporter beim *Washington Star*

Rico, Verkäufer, Eastern Market, Freund von Sam

Brooke Hogan, Sams Nichte, Tochter von Tracy und Mike Hogan

Dawn Johnson, Schwester von Destiny Johnson

Tracy Holland Hogan, Sams älteste Schwester, Mutter von Brooke, Abby und Ethan

Mike Hogan, Tracys Ehemann, Vater von Brooke, Abby und Ethan

Leo Cappuano, Nicks Vater, hat mit seiner Frau Stacy Zwillingssöhne

Stacy Cappuano, Leos Ehefrau, Mutter der Zwillinge, die Halbbrüder von Nick sind

Angela Holland Radcliffe, Sams ältere Schwester, Mutter von Jack
Spencer Radcliffe, Angelas Ehemann
Faith Miller, stellvertretende Staatsanwältin, Drilling
Hope Miller Dobson, stellvertretende Staatsanwältin, Drilling
Cooper und Main, mögliche Kandidaten für Johns Sitz im Senat

FATAL JUSTICE – WENN DU MICH LIEBST

Fatal-Serie Band 2

Veröffentlichungsjahr des Originals: 2011
Neuerscheinung der deutschen Ausgabe: 3. März 2020
(zuvor veröffentlicht unter dem Titel „Verhängnis der
Begierde" und „D.C. Affairs: Fatale Gier")

Kurzbeschreibung

Erneut findet sich Lieutenant Sam Holland mit einem hoch-karätigen Fall konfrontiert, der unabsehbare politische Konsequenzen nach sich ziehen könnte, denn bei dem Opfer handelt es sich um einen Kandidaten für den Obersten Gerichtshof.

Und es hilft nicht, dass Sam zu den letzten Personen gehört hat, die Julian Sinclair lebend gesehen haben. Gleichzeitig wird ihre Beziehung zu Senator Nick Cappuano intensiver, was viel unerwünschte Aufmerksamkeit der Presse nach sich zieht. Der Druck, Sinclairs Mörder zu finden, ist hoch, doch dann gerät Sam durch eine neue Spur in dem ungelösten Mordfall ihres Vaters unerwartet in Gefahr.

Mehr über die Geschichte ...

Nachdem Sam nach ihrer Beförderung zum Lieutenant an Silvester ihren Eid abgelegt hat, übernimmt sie die Leitung der Mordkommission, womit sie sich nicht nur Freunde macht. Vor allem ihr ehemaliger Vorgesetzter Leonard Stahl, der in die Abteilung Interne Ermittlungen versetzt wurde, zeigt sich wenig begeistert. Anschließend fahren Sam und Nick zum Kapitol, wo Nick als neuer Senator von Virginia vereidigt wird.

Sams Team wird nach einem brutalen Mord an einer Frau und ihren Kindern zum Haus von Clarence Reese gerufen, der vermisst wird. Sam lernt Nicks Freund Julian Sinclair kennen, der auch mit den O'Connors befreundet ist und als umstrittener Kandidat für den Obersten Gerichtshof in die Stadt kommt. Sehr zum Missfallen von Sam und Nick sorgt ihre Beziehung für großes Medieninteresse, das sich nur verstärkt, als Sinclair ermordet wird.

Freddie kehrt in das Fitnessstudio zurück, in dem er Elin

während der Untersuchung des Mordes an John O'Connor kennengelernt hat. Er ist fasziniert von der Frau, die so unverblümt über ihr Sexualleben spricht, und träumt davon, sein erstes Mal mit ihr zu erleben.

Sam schickt Freddie zum Haus der Reeses, denn sie vermutet, dass Clarence früher oder später dorthin zurückkehren wird – doch Freddie wird angeschossen.

Nachdem sie sich auf der Silvesterparty von Sam und Nick kennengelernt haben, beginnt Gonzo eine Beziehung mit Christina Billings.

Nick beschließt, bei der nächsten Wahl für Johns Sitz zu kandidieren. Während eines Staatsbanketts macht er Sam im Rosengarten des Weißen Hauses einen Heiratsantrag, den sie annimmt.

Personenverzeichnis

Wiederkehrende Charaktere mit ** gekennzeichnet
Samantha „Sam" Holland, Lieutenant, Leiterin der Mordkommission, Metro PD
Nicholas „Nick" Cappuano, Junior Senator von Virginia

Julian Sinclair, Kandidat für den Obersten Gerichtshof, ermordet in „Fatal Justice – Wenn du mich liebst"
William Jeremiah, ehemaliger Richter am Obersten Gerichtshof, im Ruhestand
Tom Hanigan, Stabschef von Präsident David Nelson
Mike Zorn, Gouverneur von Virginia
Judy Zorn, First Lady von Virginia
Clarence Reese, Ehemann von Tiffany, Vater von Jorge, Ramon und Maria, alle ermordet beziehungsweise gestorben in „Fatal Justice – Wenn du mich liebst"
Hector Reese, Bruder von Clarence
Ginger, Assistentin von Senator Cappuano
Byron Riley, Vorsitzender Richter am Obersten Gerichtshof

Robert „Bob" Cook, Senator von Virginia, Demokrat
Dr. Harry Flynn, Internist, Freund von Nick
William „Will" Tyrone, Detective, Mordkommission, Metro PD
Duncan Quick, Julian Sinclairs ehemaliger Lebensgefährte
Ron Spaulding, Angreifer von Duncan Quick
Preston Sinclair, Bruder von Julian Sinclair, Geschichtsprofessor, Catholic University, stirbt in „Fatal Justice – Wenn du mich liebst"
Diandra Sinclair, Ehefrau von Preston, konservative TV-Kommentatorin
Devon Sinclair, Anwalt, Sohn von Preston und Diandra, Neffe von Julian
Austin Sinclair, Buchhalter, Sohn von Preston und Diandra, Neffe von Julian
Robert „Junior" Desposito, sitzt wegen versuchten Mordes und Drogenhandel im Gefängnis
Juliette Cruz, Mutter von Freddie
Tucker Farrell, Chef und Lebensgefährte von Devon Sinclair, wird in „Fatal Justice – Wenn du mich liebst" ermordet
Andrews, Captain, Bombenentschärfungskommando, Metro PD
Tony Sanducci, Abtreibungsgegner
Cynthia „Cindy" Kaine, Abtreibungsgegnerin
Mac Healy, Pizzalieferant
Peterson, Streifenpolizist, Metro PD
Trip Ackerman, Vorsitzender des Rechtsausschusses des Senats
Montgomery, Streifenpolizist, Metro PD
Andrew „Andy" Simone, Anwalt, Freund von Nick
Mike, Diener im Weißen Haus

FATAL CONSEQUENCES
– HALT MICH FEST

FATAL-SERIE BAND 3

Veröffentlichungsjahr des Originals: 2012
Neuerscheinung der deutschen Ausgabe: 3. März 2020
(zuvor veröffentlicht unter dem Titel „Jenseits der Sünde")

Kurzbeschreibung

Wahrheit und Lüge liegen manchmal nah beieinander ...
Frisch verlobt mit Nick Cappuano tritt Samantha den Dienst
wieder an. Das erste Verbrechen lässt nicht lange auf sich
warten: Eine junge Frau, die als Reinigungskraft im Kapitol
gearbeitet hat, wurde ermordet. Neben der Leiche steht völlig
aufgelöst Senator Henry Lightfeather, ein guter Freund von
Nick. Der verheiratete Politiker hatte eine Affäre mit dem
Opfer und ist der Hauptverdächtige. Samanthas brisante
Ermittlungen sorgen nicht nur für Spannungen mit Nick, sie
stören auch höchste Regierungskreise.

Mehr über die Geschichte ...

Bei der Hochzeit von Celia und Skip am Valentinstag erhält
Nick einen Anruf von seinem Kollegen Senator Henry Lightfeather aus Arizona, der eine Mitarbeiterin von Capitol Cleaning Services tot in ihrer Wohnung aufgefunden hat. Schon
bald müssen Sam und ihr Team in einem Mordfall ermitteln,
der bis in die höchsten Machtzentren der US-Regierung
reicht, und das alles, während Sam versucht, ihre Hochzeit mit
dem aktuell bekanntesten Politiker des Landes zu planen.
Glücklicherweise kommt ihr dabei die Hochzeitsplanerin
Shelby Faircloth zu Hilfe. Die begnadete Organisatorin wird
schnell zu einer geschätzten Freundin des neuesten Power-
Paars in Washington.
Nach dem Aufenthalt in einer Entzugsklinik wird Terry
O'Connor Nicks Stabschef. Detective Jeannie McBride wird
entführt, festgehalten und sexuell missbraucht. Als sie nach
einer verzweifelten Suche endlich gefunden wird, ist sie
verletzt und traumatisiert. Außerdem hat sie eine Nachricht
für Sam: „Halt dich raus, sonst bist du die Nächste."

Gonzo erfährt, dass er mit einer früheren Freundin einen Sohn hat, und begibt sich auf die Suche nach ihm.

Bei einem Wahlkampftermin in einem Kinderheim in Richmond lernt Nick Scotty Dunlap kennen und ist sofort angetan von dem klugen und liebenswerten Jungen, der nach dem Tod seiner Mutter und seines Großvaters ganz allein ist. Nach seinem Besuch schickt Nick Scotty ein Trikot von David Ortiz, Scottys Lieblingsspieler von den Boston Red Sox, dem Team, dessen begeisterte Fans er und Nick sind. Nick muss weiter ständig an den Jungen denken, der ihn so beeindruckt hat, und fragt sich, ob er und Sam ihm wohl ein liebevolles Zuhause bieten könnten.

Sams gefährlicher Ex-Mann Peter Gibson wird aufgrund einer Formalie aus dem Gefängnis entlassen, was Sam und ihr Team schockiert. Nick zahlt seiner Mutter fünfundzwanzigtausend Dollar, damit sie ihn in Ruhe lässt. Gonzo erhält das Sorgerecht für seinen Sohn, und seine Freundin Christina verspricht, für sie beide da zu sein. Sam erleidet bei der Festnahme eines Mörders eine Fehlgeburt. Als Senator Cook wegen eines Skandals zum Rücktritt gezwungen wird, steigt Nick wenige Wochen nach seiner Vereidigung zum Senior Senator von Virginia auf.

Personenverzeichnis

Wiederkehrende Charaktere mit ** gekennzeichnet
Samantha „Sam" Holland, Lieutenant, Leiterin der Mordkommission, Metro PD
Nicholas „Nick" Cappuano, Junior Senator von Virginia

Henry Lightfeather, Senator von Arizona, Demokrat
Regina Argueta de Castro, Capitol Cleaning Services, ermordet in „Fatal Consequences – Halt mich fest"
Lori Phillips, Mutter von Gonzos Sohn, ermordet in „Fatal Scandal – Du an meiner Seite"

Alejandro „Alex" Gonzales, Sohn im Kleinkindalter von Tommy Gonzales und Lori Phillips
Rex Connolly, Loris fester Freund
Annette Lightfeather, Henrys Ehefrau
Tony, Nicks Fahrer
Irene Littlefield, Leiterin eines staatlichen Kinderheims in Richmond
Scotty Dunlap, zwölfjähriger Junge, mit dem Nick sich im Kinderheim anfreundet
Mr Sanchez, Scottys ehemaliger Mathelehrer
JoAnn Smithson, Besitzerin von Capitol Cleaning Services
Maria Espanosa, Angestellte bei Capital Cleaning Services, ermordet in „Fatal Consequences – Halt mich fest"
Tom Forrester, Generalstaatsanwalt
Aidan O'Hurley, Koch, Ex-Mann von Regina Argueta de Castro
Debbie Hopkins, über Maria Espanosa wohnende Nachbarin
Selina Rameriz, Angestellte bei Capital Cleaning Services
Mark Angelo, Gonzos Freund, hat ihn mit Lori bekannt gemacht
Shelby Faircloth, Hochzeitsplanerin aus Georgetown
Tornquist, ehemaliger Senator aus Oregon, Republikaner
Trent, Senator aus Oregon, Republikaner
Lewis, Senator, Republikaner
Michael Wilkinson, fester Freund von Detective Jeannie McBride
Nicoletta Bernadino, Mutter von Nick Cappuano
Leon Morton, Familienrichter, leitet die Anhörung in Alex' Sorgerechtsfall
Justine Avery (später Travers), Sozialarbeiterin, zuständig für Alex' Fall
„Archie" Archelotta, Lieutenant, Leiter der IT-Abteilung, Metro PD
Bradford Tillinghast, Lobbyist, Tillinghast-Young
Jackson, Streifenpolizist, Metro PD

Gerald Price, Besitzer des Hauses, das Clarence Reese gemietet hat

Jack Bartholomew, Stabschef des Vizepräsidenten Joseph Gooding

****Joseph Gooding**, Vizepräsident der USA

Daniels, Sprecher des Repräsentantenhauses

Grayson, Captain, Metro Feuerwehr

Craig Lawton, von Nick mit der Errichtung der Rampe am Haus in der Ninth Street beauftragt

Mitchell Sanborn, Vorsitzender des Democratic National Committee, stirbt in „Fatal Frenzy – Liebe mich jetzt"

****Dr. Maggie Tyndall**, Geburtshelferin und Gynäkologin, Date von Harry Flynn

Cheri Anderson, frühere Angestellte beim Democratic National Committee

FATAL DESTINY –
DIE LIEBE IN UNS

FATAL-SERIE BAND 3.5

Veröffentlichungsjahr des Originals: 2011
Neuerscheinung der deutschen Ausgabe: 3. März 2020
(zuvor veröffentlicht unter dem Titel „Versprechen bis in die
Ewigkeit")

Kurzbeschreibung

Es sind nur noch wenige Tage bis zur Hochzeit von Police Lieutenant Samantha Holland und ihrem Verlobten Senator Nick Cappuano – doch die Stimmung zwischen ihnen ist angespannt, zudem ein tragischer Verlust nicht spurlos an ihnen vorübergegangen ist. Angesichts des bevorstehenden großen Tages versuchen sie, sich zusammenzuraufen, doch auch ihre Arbeit macht es dem Paar nicht gerade leicht.
Als bei einem alten Fall ein neuer Hinweis auftaucht, bittet Nick Samantha, vor der Hochzeit keine unnötigen Risiken einzugehen und sich für den Moment zurückzuhalten. Sie erklärt sich einverstanden, doch schon kurz darauf gerät sie in eine hochexplosive Situation.
Dann bedroht plötzlich jemand aus ihrer Vergangenheit ihr Glück – und ihr Leben. Wird Sam das alles heil überstehen und ihrem Liebsten vor dem Altar das Jawort geben?

Mehr über die Geschichte …

Eine Woche vor ihrer Hochzeit trauert Sam immer noch wegen der kürzlich erlittenen Fehlgeburt und glaubt, keine weitere Schwangerschaft riskieren zu können. Daher konsultiert sie den befreundeten Arzt Harry wegen Verhütungsmitteln. Nick bemerkt, dass etwas nicht stimmt, und befürchtet, dass Sam kalte Füße bekommen hat. Sam verspricht Nick, vor der Hochzeit keine Dummheiten zu machen und ihre Sicherheit über alles andere zu stellen, wird jedoch beschossen und zieht sich dabei eine Gehirnerschütterung zu. Als Sams Ex-Mann Peter ihr Leben bedroht, rettet ihr Nicks Beschützerinstinkt das Leben.
Nicks Mutter Nicoletta versucht, die Hochzeit zu stören, für die Nick als besondere Überraschung Sams Lieblingsmusiker Jon Bon Jovi engagiert hat.

Personenverzeichnis

Wiederkehrende Charaktere mit ** gekennzeichnet
Samantha „Sam" Holland, Lieutenant, Leiterin der Mordkommission, Metro PD
Nicholas „Nick" Cappuano, Senior Senator von Virginia, Demokrat

Trace Simmons, Gangmitglied
Darius Gardner, Gangmitglied
Roberto Castro, Sams langjähriger Informant
Angel, Robertos feste Freundin
Ramsey, Detective Sergeant, Sondereinheit für Sexualdelikte, Metro PD
Leticia Nixon, Erzieherin
Derek Kavanaugh, stellvertretender Stabschef von Präsident David Nelson, langjähriger Freund von Nick
Victoria Kavanaugh, Dereks Ehefrau, wird in „Fatal Deception – Verlasse mich nicht" ermordet

FATAL FLAW – FÜR IMMER DIE DEINE

FATAL-SERIE BAND 4

Veröffentlichungsjahr des Originals: 2012
Neuerscheinung der deutschen Ausgabe: 3. März 2020
(zuvor veröffentlicht unter dem Titel „Wenn die Rache
erwacht")

Kurzbeschreibung

Gerade aus ihren Flitterwochen zurückgekehrt, freuen sich
Nick Cappuano und Lieutenant Sam Holland auf ein wenig
Alltag und Erholung von ihrer turbulenten Hochzeit. Aber die
Ruhe währt nur kurz: Sam findet unter den Hochzeitsglück-
wünschen eine Karte mit einer kaum verhohlenen Morddro-
hung – doch auf wen hat es der Verfasser abgesehen? Ist Nick
in Gefahr oder sie?
Kurz darauf ermittelt Sam in einer Serie mysteriöser Mord-
fälle, bei denen sich keinerlei Motiv für die schrecklichen
Taten erkennen lässt. Die Opfer waren allgemein beliebt, und
es scheint zudem keine Verbindung zwischen ihnen zu geben.
Damit beschäftigen Sam nun zwei Aufgaben: den Mörder zu
finden und sich und Nick zu beschützen. Schließlich hatten
sie sich doch gerade erst geschworen, gemeinsam glücklich alt
zu werden …

Mehr über die Geschichte ...

Nach ihrer Rückkehr aus den Flitterwochen auf Bora Bora
erwartet Sam und Nick der Alltag. Sam muss ihren Dienst als
Mordermittlerin wieder aufnehmen und wird auch gleich zu
einem Tatort gerufen. Als es zu weiteren Todesfällen kommt,
wird der Fall immer vertrackter. Keins der Opfer hatte offen-
sichtliche Feinde, und nichts deutet auf einen Raubüberfall
hin. Nachdem das dritte Verbrechen auf die gleiche Art
begangen worden ist, scheint klar, dass es eine Verbindung
geben muss, aber Sams Team tappt nach wie vor im Dunkeln.
Unter Sams und Nicks Hochzeitskarten finden sich erschre-
ckende Drohbriefe. Freddie und Elin stehen an einem Schei-
deweg in ihrer Beziehung. Terry O'Connor und Lindsey
McNamara erwägen, den nächsten Schritt zu wagen. Sam und
Nick beschließen, Scotty ein Zuhause zu geben und seine Pfle-

geeltern zu werden. Jeannie und Michael ringen darum, nach den brutalen Misshandlungen, die Jeannie in der Gewalt ihres Kidnappers und Vergewaltigers erdulden musste, wieder in eine Art Alltag zurückzufinden. Skip Holland zieht sich eine schwere Lungenentzündung zu, weshalb Sam beschließt, seinen einzigen ungelösten Fall aufzuklären. Nick fährt mit Scotty nach Boston, um sich ein Spiel der Red Sox anzusehen.

Personenverzeichnis

Wiederkehrende Charaktere mit ** gekennzeichnet
Samantha „Sam" Holland, Lieutenant, Leiterin der Mordkommission, Metro PD
Nicholas „Nick" Cappuano, Senior Senator von Virginia, Demokrat

Carl Olivio, Besitzer von Carl's Burger World, ermordet in „Fatal Flaw – Für immer die Deine"
Daniel Alvarez, Angestellter bei Carl's, ermordet in „Fatal Flaw – Für immer die Deine"
Joseph Alvarez, Vater von Daniel
Gentile, Streifenpolizist, Metro PD
Steven Coyne, Skips erster Partner, vor Jahren im Dienst ermordet, der Fall ist bislang ungelöst
Alice Coyne Fitzgerald, Stevens Witwe, wieder verheiratet
Tyler Fitzgerald, Sohn von Alice Fitzgerald, vor Jahren unter verdächtigen Umständen ums Leben gekommen
Caleb Fitzgerald, Sohn von Alice Fitzgerald
Cameron Fitzgerald, Sohn von Alice Fitzgerald
Tremont, Captain, Chief of Detectives, Metro PD
Crystal Martin Trainer, Mordopfer in „Fatal Flaw – Für immer die Deine"
Nicole Trainer, Tochter von Crystal
Josh Trainer, Sohn von Crystal
Jed Trainer, Ehemann von Crystal

Janet Nealson, Angestellte einer Beratungsfirma, hatte eine Affäre mit Jed Trainer

Leroy Augustine, wichtiger Zeuge in Skips Fall, in „Fatal Flaw – Für immer die Deine" bereits verstorben

Mrs Nesbitt, Rektorin, Alice Deal Middle School

Donna Kasperian, Crystal Trainers beste Freundin

Dr. Taylor Kingsley, Eheberaterin von Jed und Crystal Trainer

Hernandez, Streifenpolizist, Metro PD

St. James, Streifenpolizist, Metro PD

Raymond Jeffries, pensionierter Lehrer, ermordet in „Fatal Flaw – Für immer die Deine"

Sabrina Jeffries Campion, Tochter von Raymond Jeffries

****Dr. Byron Tomlinson**, stellvertretender Leiter der Gerichtsmedizin, Metro PD

Huff, Streifenpolizist, Metro PD

****Mr Cruz**, Vater von Freddie, Ehemann von Juliette

James Lynch, Anwalt, ermordet in „Fatal Flaw – Für immer die Deine"

Amanda Lynch, Ehefrau von James

****Dr. Norman Morganthau**, ehemaliger Leiter der Gerichtsmedizin, Metro PD

****Avery Hill**, Special Agent in Charge, Abteilung Kriminalpolizeiliche Ermittlungen, Federal Bureau of Investigation (FBI)

Melissa Morgan Woodmansee, ehemalige Freundin von Sam

Justin Woodmansee, Melissas Ex-Mann

Debbie Donahue, gemeinsame Freundin von Sam und Melissa

Sean Morgan, Vater von Melissa, ermordet in „Fatal Flaw – Für immer die Deine"

Frieda Morgan, Mutter von Melissa, ermordet in „Fatal Flaw – Für immer die Deine"

FATAL DECEPTION –
VERLASSE MICH NICHT

FATAL-SERIE BAND 5

Veröffentlichungsjahr des Originals: 2012
Neuerscheinung der deutschen Ausgabe: 3. März 2020
(zuvor veröffentlicht unter dem Titel „Bittersüßer Zorn")

Kurzbeschreibung

Ihr neuer Fall hat oberste Priorität für Samantha Holland,
denn der Mann des Opfers ist Vizestabschef im Weißen Haus
und ein enger Freund ihres Ehemannes Nick. Seine Frau hat
erbitterten Widerstand geleistet – doch gegen die brutalen
Schläge des Mörders hatte sie keine Chance. Von ihrer kleinen
Tochter fehlt jede Spur. Die Ermittlungen locken gefährliche
Gegner in höchsten Regierungskreisen aus der Deckung. Sams
Nerven liegen blank, vor allem als auch noch ein überaus
attraktiver FBI-Agent Interesse an ihr zeigt.

Mehr über die Geschichte ...

Derek Kavanaugh, stellvertretender Stabschef des Präsidenten,
kehrt von einem Wochenende in Camp David nach Hause
zurück und findet seine Frau Victoria ermordet in ihrer Küche
vor, während seine einjährige Tochter Maeve vermisst wird.
Mit der Aufklärung des Falls wird Lieutenant Sam Holland
betraut, die dabei mit den Detectives der Sondereinheit für
Sexualdelikte und mit FBI Special Agent Avery Hill zusammenarbeiten muss. Die Ermittlungen decken eine politische
Verschwörung auf, die dafür sorgt, dass Derek alles infrage
stellen muss, was er über seine Frau und seine Ehe zu wissen
glaubte. Unterdessen geht die verzweifelte Suche nach Maeve
weiter.
Im Zuge ihrer Nachforschungen zum ungelösten Fall ihres
Vaters muss Sam feststellen, dass Jeannie und Will wichtige
Informationen zurückgehalten haben. Zwar haben sie in bester
Absicht gehandelt, doch Sam sieht sich genötigt, die beiden
vom Dienst zu suspendieren.
Jeannie und Michael verloben sich. Nicks politische Karriere
nimmt Fahrt auf, und er wird gebeten, die Grundsatzrede auf
dem Parteitag der Demokraten zu halten.

Sam wird verletzt, als sie in einem Lebensmittelladen in einen Raubüberfall gerät. Scotty darf bei Nick und Sam wohnen, während er ein Baseballcamp besucht. Alle hoffen, dass er bald Teil ihrer Familie werden kann. Da sie wissen, dass sie Hilfe benötigen werden, wenn sie Scotty dauerhaft bei sich aufnehmen, heuern Nick und Sam Shelby an, damit sie ihnen hilft, ihr Leben zu organisieren.

Personenverzeichnis

Wiederkehrende Charaktere mit ** gekennzeichnet
Samantha „Sam" Holland, Lieutenant, Leiterin der Mordkommission, Metro PD
Nicholas „Nick" Cappuano, Senior Senator von Virginia, Demokrat

Maeve Kavanaugh, einjährige Tochter von Derek und Victoria, vermisst in „Fatal Deception – Verlasse mich nicht"
Harper, Detective, Sondereinheit für Sexualdelikte, Metro PD
Felicity Rider, parlamentarische Assistentin von Senator Stenhouse
Kevin Kavanaugh, DEA-Agent, Drogenfahndung, Bruder von Derek
Dr. Rob Anderson, Arzt in der Notaufnahme des George Washington University Hospital
Denise Desposito, vor sechs Jahren verstorben, Name wird in Betrugsfall benutzt, Tochter von William Eldridge
William Eldridge, Vater von Denise Desposito, Patterson Financial Group, verstorben
Dr. Simsbury, plastischer Chirurg, George Washington University Hospital
Susan Jacobson, geschäftsführende Teilhaberin bei Calahan Rice, Victorias ehemaligem Arbeitgeber
Brandon Halliwell, Vorsitzender der Demokratischen Partei

****Arnold „Arnie" Patterson**, unabhängiger Kandidat für das Amt des Präsidenten

Dominic Rafael, republikanischer Kandidat für das Amt des Präsidenten

Ginger Dickenson, Hausfrau und Mutter von Trevor, Freundin von Victoria

Bertha Ray, Babysitter

Bobby Ray, Sohn von Bertha, ermordet in „Fatal Deception – Verlasse mich nicht"

Patrice, Ex-Freundin von Nick

Wilkins und Ramirez, Streifenpolizisten, Metro PD

****Giselle „Gigi" Dominguez**, Detective, Mordkommission, Metro PD

****Dani Carlucci**, Detective, Mordkommission, Metro PD

Roy Tornquist, unabhängiger Kongressabgeordneter aus Ohio, Repräsentantenhaus

****Jessica Townsend**, juristische Beraterin, Metro PD

Christian Patterson, Wahlkampfberater seines Vaters Arnie Patterson, Vizepräsident Patterson Financial

Colton Patterson, Wahlkampfberater seines Vaters Arnie Patterson

Sam, Mitarbeiter am Empfang, Wahlkampfzentrale von Arnie Patterson

Porter Gillespie, Assistent und Berater von Colton Patterson

Jonathan Thayer, Assistent und Berater von Christian Patterson

Jerry Smith, Fahrer, Handlanger der Pattersons

Dr. Bernard Saltzman, Gynäkologe, Washington Hospital Center

DuPont, Streifenpolizist, Metro PD

****Ella Holland Radcliffe**, kleine Tochter von Angela und Spencer, Nichte von Sam, benannt nach Sams und Angelas Großmutter

****Beckett**, Streifenpolizist, Metro PD

****Brenda Ross**, Mutter von Sam, Angela und Tracy Holland, Ex-Frau von Skip

Marcella, Sekretärin des FBI-Direktors Troy Hamilton

****Troy Hamilton**, Direktor des Federal Bureau of Investigation, wird in „Fatal Identity – Nichts kann uns trennen" ermordet

FATAL MISTAKE –
DEIN UND MEIN HERZ

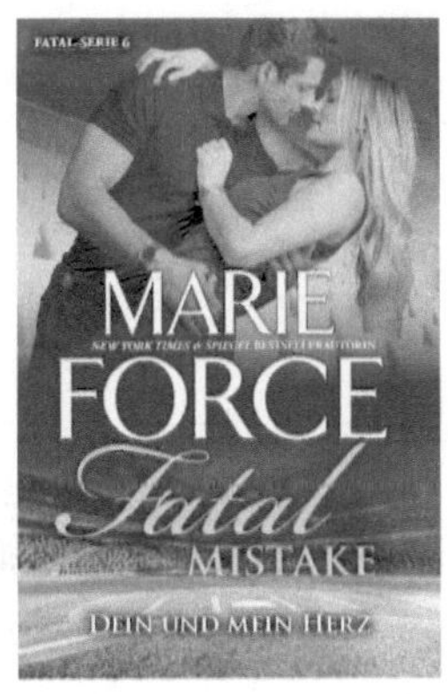

FATAL-SERIE BAND 6

Veröffentlichungsjahr des Originals: 2013
Neuerscheinung der deutschen Ausgabe: 3. März 2020
(zuvor veröffentlicht unter dem Titel „Unbarmherzig ist die
Nacht")

Kurzbeschreibung

Nachdem der Fehler eines Spielers der D. C. Federals die Baseballmannschaft ihre erste Teilnahme an der World Series gekostet hat, herrscht große Aufregung – vor allem als wenige Stunden später seine Leiche in einem Müllcontainer entdeckt wird. War das die Rache eines enttäuschten Fans oder gar eines Teamkollegen? Zusammen mit dem FBI übernimmt Samantha den Fall und stößt auf ein mörderisches Netz aus Lügen und Intrigen.
Als wäre das nicht genug, muss sich Nick während seiner Kampagne zur Wiederwahl zum Senator mit Fragen zu finanziellen Ungereimtheiten herumschlagen. Und dabei hatten die beiden eigentlich genug damit zu tun, ihrem Adoptivsohn Scotty die Eingewöhnung in sein neues Leben zu erleichtern …

Mehr über die Geschichte …

Als Willie Vasquez, der Star-Center-Fielder der D. C. Feds, einen Ball nicht fängt, den er eigentlich mühelos hätte erwischen müssen, ist die Chance des Teams auf die World Series dahin. In der Stadt kommt es zu Ausschreitungen. Nachdem sich die Lage wieder beruhigt hat, wird Willie ermordet in einem Müllcontainer gefunden. Die Ermittlungen übernehmen Lieutenant Holland und ihr Team. Derweil trauert Scotty um den Spieler, den er kürzlich persönlich kennengelernt hatte.
Sam ist entschlossen, das Motiv für den Mord an dem Spieler aufzudecken, was nicht so einfach ist, wie es anfangs erscheint. Nick kämpft währenddessen in den letzten Tagen seines Senatswahlkampfs um seine politische Karriere, da finanzielle Unregelmäßigkeiten seine Zukunft bedrohen.
FBI-Agent Avery Hill wird in den Mordfall einbezogen, da er

mit dem Besitzer der D. C. Feds befreundet ist. Im Zuge der Ermittlungen wird ein Menschenhändlerring aufgedeckt. Nachdem sich herausstellt, dass Lieutenant Stahl vertrauliche Informationen an die Presse weitergegeben hat, wird er suspendiert. Wutentbrannt verübt er in ihrem Haus einen Anschlag auf Sam, während Nick sich auf einer Dienstreise in Afghanistan befindet.

Personenverzeichnis

Wiederkehrende Charaktere mit ** gekennzeichnet
Samantha „Sam" Holland, Lieutenant, Leiterin der Mordkommission, Metro PD
Nicholas „Nick" Cappuano, Senior Senator von Virginia, Demokrat

Willie Vasquez, Center Fielder der D. C. Feds, ermordet in „Fatal Mistake – Dein und mein Herz"
Rick Lind, Star-Pitcher der D. C. Feds, ermordet in „Fatal Mistake – Dein und mein Herz"
Carla Lind, Ricks Ehefrau
Carmen Peña Vasquez, Ehefrau von Willie, Mutter von Miguel und Jose
Bob Minor, Manager, D. C. Feds
Cecil Mulroney, rechter Feldspieler der D. C. Feds
Eric Douglas, Personenschützer, Secret Service
Ray Jestings, Besitzer der D. C. Federals
Elle Kopelsman Jestings, Besitzerin des *Washington Star* und der D. C. Federals
Aaron, Assistent von Ray Jestings
Jamie Clark, Physiotherapeutin, D. C. Feds
Garrett Collins, Geschäftsführer der D. C. Feds
Hugh Bixby, Sicherheitschef, D. C. Feds
James „Jim" Settle, Geschäftsführer des Radiosenders WFBR

Ben „Big Ben" Markinson, Moderator beim Radiosender WFBR

Marcy, Produzent der *Big-Ben*-Show beim Radiosender WFBR

Jim Morris, Security, D. C. Feds

Kyle Davidson, Security, D. C. Feds

****George Terrell**, Deputy des Special Agent in Charge Avery Hill, Federal Bureau of Investigation

Eduardo Peña, Bruder von Carmen Vasquez

Boris, Personenschützer von Elle Kopelsman

Horace, Personenschützer von Elle Kopelsman

George McPhearson, Sportagent von Willie Vasquez

Chris Ortiz, Spieler der D. C. Feds

Charlie Engal, Manager von Willie Vasquez

Nathan Cleary, Mitschüler, von dem Scotty schikaniert wird

Toni, Personenschützerin, Secret Service

Brice, Personenschützer, Secret Service

Dr. Leonard, Mannschaftsarzt der D. C. Feds

****Max Haggerty**, Lieutenant, Leiter der Spurensicherung, Metro PD

Ramon Perez, Spieler der D. C. Feds

Liza Benjamin, Freundin von Jamie Clark

Sarah „Ginger" Moreland, Opfer von Menschenhandel

Amber Tattorelli, Opfer von Menschenhandel

Deanna Moreland, Sarahs Mutter

Bruce Jones, Manager, Capitol Motor Inn

****Erica Lucas**, Detective, Sondereinheit für Sexualdelikte, Metro PD

Tim Russo, Anwalt

FATAL JEOPARDY –
LASS MICH NICHT LOS

FATAL-SERIE BAND 7

Veröffentlichungsjahr des Originals: 2014
Erstveröffentlichung der deutschen Ausgabe: 15. Mai 2020

Kurzbeschreibung

Sam Holland, Lieutenant bei der Polizei in Washington,

D. C., und ihr Ehemann, US-Senator Nick Cappuano, hatten sich eigentlich auf ein ruhiges Thanksgiving-Fest mit ihrem Sohn gefreut. Doch alle Hoffnungen auf einen schönen Feiertag im Kreise ihrer Familie zerplatzen jäh, als Sam und Nick bei ihrer Rückkehr nach Hause Sams siebzehnjährige Nichte Brooke bewusstlos, nackt in ein Laken gewickelt und blutverschmiert auf den Eingangsstufen ihres Hauses entdecken.

Während Sam noch damit beschäftigt ist, herauszufinden, was ihrer Nichte zugestoßen ist, wird die Polizei zum Schauplatz eines schrecklichen Verbrechens gerufen. Nachdem klar wird, dass in diesem emotional aufgeladenen, zutiefst persönlichen Fall die Grenzen zwischen Privatem und Beruf verschwimmen, ist Sam mehr denn je auf Nicks Unterstützung angewiesen. Als er aber ihre Vorgehensweise – und ihre Moral – infrage stellt, muss Sam entscheiden, wie weit sie gehen will, um zu beweisen, dass Brooke in diesem Fall nicht die Mörderin, sondern das Opfer ist …

Mehr über die Geschichte …

Sam zählt die Tage bis zu ihrem Urlaub mit Nick, als sie sich plötzlich mit einem neuen Fall konfrontiert sieht. Mehrere Jugendliche werden ermordet im Haus eines prominenten Bewohners von Washington, D. C., aufgefunden, und Sams Nichte Brooke liegt schwer verletzt auf Sams und Nicks Türschwelle. Gleichzeitig ermitteln Gonzo, Freddie und der Rest von Sams Team im Fall des Mehrfachmordes, bei dem Alkohol und Drogen eine Rolle gespielt haben.

Dass Sams Ermittlungen sie davon abhalten, den lang ersehnten Urlaub mit Nick anzutreten und den Stress der letzten Monate endlich einmal hinter sich zu lassen, sorgt für Missstimmung. Nicks eigene Karriere rückt derweil in den Mittelpunkt, als Präsident Nelson ihm mitteilt, dass Vizepräsident Gooding wegen eines Hirntumors zurücktreten wird.

Nelson möchte Nick als Goodings Nachfolger für das Amt des Vizepräsidenten gewinnen.

Gonzo hat das alleinige Sorgerecht für seinen Sohn Alex erhalten, wird dann jedoch im Dienst angeschossen. Skip entscheidet sich für eine riskante Operation, bei der die Kugel aus seiner Wirbelsäule entfernt werden soll. Nick nimmt trotz erheblicher Vorbehalte bei Sam und ihm selbst Nelsons Angebot an und wird Vizepräsident.

Personenverzeichnis

Wiederkehrende Charaktere mit ** gekennzeichnet
Samantha „Sam" Holland, Lieutenant, Leiterin der Mordkommission, Metro PD
Nicholas „Nick" Cappuano, Senior Senator von Virginia, wird in „Fatal Jeopardy – Lass mich nicht los" Vizepräsident

Hugo Springer, Teenager, ermordet in „Fatal Jeopardy – Lass mich nicht los"
William „Billy" Springer jr., Bruder von Hugo, in „Fatal Jeopardy – Lass mich nicht los" von der Polizei getötet
William „Bill" Springer, berühmter Anwalt, Ehemann von Marissa, Vater von Hugo und Billy, in „Fatal Jeopardy – Lass mich nicht los" tot aufgefunden
Marissa Springer, Ehefrau von Bill, Mutter von Hugo und Billy
Michael Chastain, Teenager, ermordet in „Fatal Jeopardy – Lass mich nicht los"
Edna Chen, Haushälterin der Springers, ermordet in „Fatal Jeopardy – Lass mich nicht los"
Todd Brantley, Teenager, ermordet in „Fatal Jeopardy – Lass mich nicht los"
Kevin Corrigan, Teenager, ermordet in „Fatal Jeopardy – Lass mich nicht los"

Lacey Morrison, Teenager, ermordet in „Fatal Jeopardy – Lass mich nicht los"

Kelsey Lewis, Teenager, ermordet in „Fatal Jeopardy – Lass mich nicht los"

Julia Pelse, Teenager, ermordet in „Fatal Jeopardy – Lass mich nicht los"

Shana Gilford, Teenager, ermordet in „Fatal Jeopardy – Lass mich nicht los"

Maura McHugh, Teenager, ermordet in „Fatal Jeopardy – Lass mich nicht los"

Gideon Young, Internatsleiter, Remington School for Girls

Linda, Mitarbeiterin am Empfang, Remington School for Girls

Sebastian Ryder, Sicherheitschef, Remington School for Girls

Trent, Security-Mitarbeiter, Remington School for Girls

Dr. Kelison, Therapeutin, Remington School for Girls

Mr Galbraith, Schulleiter, Wilson High School

Hoda Danziger, Teenager, Freundin von Brooke

Brody Mitchell, Teenager

Adam Brantley, Adoptivvater von Todd

Sarah Brantley, Adoptivmutter von Todd

Davey Ekland, Teenager

Tyler Barnes, Teenager

Jeff Barnes, Tylers Vater

Pauline Barnes, Tylers Mutter

Nico, Hodas fester Freund

****Ambrose Pierce**, Leiter des Secret Service

Justin, Teenager

****Jack Roback**, Captain, Drogendezernat, Metro PD

****Cole McDonald**, Lieutenant, Drogendezernat, Metro PD

Richard Claiborne, Sprecher des Repräsentantenhauses

FATAL-SERIE BAND 8

Veröffentlichungsjahr des Originals: 2015
Erstveröffentlichung der deutschen Ausgabe: 7. Juli 2020

Kurzbeschreibung

Das neue Jahr hat kaum begonnen, da erschüttern gleich zwei

Skandale das Metropolitan Police Department: Chief Farnsworth gerät wegen einer kürzlich durchgeführten Morduntersuchung in die Kritik, und Detective Gonzales wird vorgeworfen, bei dem Sorgerechtsfall um seinen Sohn nicht auf eine frühere Verbindung zu dem zuständigen Richter hingewiesen zu haben.

Als Gonzales' Kampf um sein Kind eine tödliche Wendung nimmt, muss Sam plötzlich zwei ihrer engsten Kollegen verteidigen, während ihr Ehemann, der frischgebackene Vizepräsident Nick Cappuano, sich mit der Frage quält, ob der Präsident ihn nur ausgewählt hat, um von seiner Beliebtheit zu profitieren. Zu allem Überfluss tun sich bei der geplanten Adoption von Scotty plötzlich Komplikationen auf, und das ausgerechnet zu einer Zeit, in der Sam von der stets aggressiven Hauptstadtpresse besonders heftig bedrängt wird. Während sich die Indizien gegen Gonzo häufen, reift in Sam der Verdacht, dass jemand es auf sie und ihr Team abgesehen hat …

Mehr über die Geschichte …

Das neue Jahr hält weitere Herausforderungen für Lieutenant Sam Holland und Vizepräsident Nick Cappuano bereit. Zwei Skandale erschüttern das Metro Police Department: Chief Farnsworth steht wegen seiner Vorgehensweise bei den Ermittlungen zum Mordfall Springer in der Kritik, und Gonzo wird vorgeworfen, eine frühere Verbindung zu dem Richter, der bei seiner Sorgerechtsverhandlung entschieden hat, nicht offengelegt zu haben.

Alex' Mutter Lori wird ermordet aufgefunden, und Gonzo gerät unter Verdacht.

Vizepräsident Nick Cappuano richtet sich in seinem neuen Büro im Weißen Haus ein, und das Leben in diesem goldenen Käfig gestaltet sich nicht ganz so, wie er es erwartet hatte.

Bei der Adoption von Scotty treten Probleme auf. Shelby

entdeckt, dass sie nach ihrer künstlichen Befruchtung mit einer anonymen Samenspende tatsächlich schwanger ist, erfährt dann jedoch von Averys Schwärmerei für Sam und ist zutiefst verletzt. Elin wird im Fitnessstudio angegriffen, was sich jedoch als Ablenkungsmanöver herausstellt, mit dem Freddie von Sam getrennt werden sollte. Sam spricht mit Lilia Van Nostrand, ihrer stellvertretenden Stabschefin.

Marissa Springer und der in Ungnade gefallene Lieutenant Stahl nutzen Freddies Abwesenheit, entführen Sam und halten sie im Keller des Hauses der Springers als Geisel. Stahl umwickelt sein Opfer mit Klingendraht, übergießt Sam mit Benzin und droht, sie in Brand zu setzen. Sams Gedanken in ihren möglicherweise letzten Minuten gelten allein Nick, Scotty und ihrer Familie.

Scotty lernt seinen leiblichen Vater kennen, der die letzte Hürde für die Adoption durch Sam und Nick darstellt.

Personenverzeichnis

Wiederkehrende Charaktere mit ** gekennzeichnet
Samantha „Sam" Holland Cappuano, Lieutenant, Leiterin der Mordkommission, Metro PD
Nicholas „Nick" Cappuano, Vizepräsident der USA

John „Brant" Brantley jr., leitender Personenschützer für Vizepräsident Cappuano, Secret Service
Melinda, Personenschützerin für Vizepräsident Cappuano, Secret Service, von Sam als „Secret-Service-Barbie" betitelt
Darcy, Personenschützer, Secret Service
George Phillips, Bruder von Lori
Tony, Hausmeister in dem Gebäude, in dem Gonzos Apartment liegt
Davidson, Lieutenant, Leiter der Sondereinheit für Sexualdelikte, Metro PD
Helen, Sekretärin von Chief Joe Farnsworth, Metro PD

****Norris**, Captain, Leiter der Pressestelle, Metro PD
Sara Angelo, Lori Phillips' beste Freundin
Carson Billings, Strafverteidiger, Bruder von Christina Billings
Liam Hughes, Onlinebekanntschaft von Lori
Andre Elliott, ehemaliges Mitglied im Fitnessstudio, in dem Elin arbeitet
Delany, Sergeant, Arrestbereich, Metro PD
****Debra Nixon**, leitende Personenschützerin von Scotty Dunlap, Secret Service
Monica Taylor, Reporterin, *Good Morning, D. C.*, CBC
Pamela Desjardens, Assistentin von Bill Springer
James Donlon, Privatdetektiv
Destiny, Empfangsdame von James Donlon
Lauren, Empfangsdame von Vizepräsident Cappuano
****Nickelson**, Captain, Leiter des Sondereinsatzkommandos, Metro PD
****Tony D'Alessandro**, Kellner, leiblicher Vater von Scotty Dunlap
Jeffrey, Flugbegleiter, Air Force Two

FATAL FRENZY –
LIEBE MICH JETZT

Fatal-Serie Band 9

Veröffentlichungsjahr des Originals: 2015
Erstveröffentlichung der deutschen Ausgabe: 23. August 2020

Kurzbeschreibung

Während der Tag der Amtseinführung ihres Mannes Vizepräsident Nick Cappuano seine Schatten vorauswirft, kämpft Mordermittlerin Sam Holland noch immer mit den Nachwirkungen ihrer traumatischen Entführung und ist von der Arbeit freigestellt. Beunruhigenderweise hat sie es anders als sonst nicht eilig, in den Job zurückzukehren. Auch in anderer Hinsicht gibt ihr Verhalten Anlass zur Sorge, vor allem als sie sich sogar freiwillig mit ihrem Mitarbeiterstab im Weißen Haus trifft.

Die Geiselnahme seiner Frau sowie der Mord an einem weiteren Beamten bescheren Nick Albträume, und er setzt alles daran, seine Frau zu schützen. Doch während zur Amtseinführung immer mehr Besucher in die Hauptstadt strömen, treibt ein brutaler Messerstecher sein Unwesen. Als der Fall immer weitere Kreise zieht, ist es an Sam, sich ihren dunkelsten Ängsten zu stellen und ihre innere Stärke wiederzufinden … bevor es zu spät ist.

Mehr über die Geschichte …

Lieutenant Sam Holland muss sich von den Qualen in den Händen des ehemaligen Lieutenant Stahl und seiner Helfershelferin Marissa Springer erholen und befindet sich daher im Krankenstand. Während ihre Verletzungen langsam heilen, versucht Sam sich darüber klar zu werden, worin ihr neues Ziel im Leben besteht. Sie versucht sich abzulenken und mit anderen Dingen zu beschäftigen – trifft sich sogar freiwillig mit ihren neuen Mitarbeitern im Weißen Haus –, um jeden Gedanken daran zu verdrängen, wie es war, in Klingendraht gewickelt und mit Anzünden bedroht zu werden. Nick überlegt sich unterdessen, wie er sie besser schützen kann.

Gonzo leitet die Ermittlungen zum Fall eines Messerstechers, als sein junger Partner Detective A. J. Arnold brutal niedergeschossen wird. Ausgerechnet jetzt ist Sam außer Dienst und nicht erreichbar, aber dieser Mord an einem Kollegen bringt sie zurück zur Arbeit.

Am Tag seiner Amtseinführung wird Nick als Vizepräsident vereidigt. Sam verliert die Beherrschung und ohrfeigt Sergeant Ramsey, weil er andeutet, dass sie verdient habe, was Stahl ihr angetan hat. Ramsey stürzt die Treppe hinunter, bricht sich das Handgelenk und erleidet eine Gehirnerschütterung. Sam muss nun mit einer Anklage wegen Körperverletzung rechnen. Freddie wird suspendiert, weil er den Mann, der Elin angegriffen hat, verprügelt hat. Während seiner Suspendierung verloben er und Elin sich. Scotty wird offiziell adoptiert und heißt nun Scotty Dunlap Cappuano.

Personenverzeichnis

Wiederkehrende Charaktere mit ** gekennzeichnet
Samantha „Sam" Holland Cappuano, Lieutenant, Leiterin der Mordkommission, Metro PD
Nicholas „Nick" Cappuano, Vizepräsident der USA

Wilson, Lieutenant, Leiter der Abteilung Interne Ermittlungen, Metro PD
William Enright, Angestellter bei Griffen + Smoltz, überlebendes Opfer eines der Messerangriffe in „Fatal Frenzy – Liebe mich jetzt"
Andrea, Kommunikationschefin, Büro der Gattin des Vizepräsidenten
Mackenzie, Verantwortliche für Termine und Reisen, Büro der Gattin des Vizepräsidenten
Keira, Politikspezialistin im Büro der Gattin des Vizepräsidenten
Simon Griffen, Geschäftsführer, Griffen + Smoltz
Sid Androzzi (aka Giuseppe Besozzi), einer der zehn meistgesuchten Verbrecher des FBI, wegen Menschenhandel und Mord, Kunde von Griffen + Smoltz
Jim, Personenschützer, Secret Service
John Arnold, Vater von Detective A. J. Arnold

Brenda Arnold, Mutter von Detective A. J. Arnold
Isabella Rios, Angestellte im US-Landwirtschaftsministerium, in „Fatal Frenzy – Liebe mich jetzt" erstochen
Deborah Gainsville, zweifache Mutter, in „Fatal Frenzy – Liebe mich jetzt" erstochen
Barry Scanlon, Barkeeper, überlebendes Opfer eines der Messerangriffe in „Fatal Frenzy – Liebe mich jetzt"
Tara, Officer, Mitarbeiterin der Pressestelle, Metro PD
****Jesse Best**, U.S. Marshal
****Marcus**, Sams Lieblingsdesigner aus Virginia
Jim Rollins, Sicherheitschef im JW Marriott
Mindy Cahill, Studentin an der North Connecticut University, in „Fatal Frenzy – Liebe mich jetzt" entführt
Jennifer Torlino, Studentin an der North Connecticut University, in „Fatal Frenzy – Liebe mich jetzt" entführt
Debbie McLane, begleitende Lehrkraft, North Connecticut University
Brian Watkins, Student an der North Connecticut University
Tyler Johnston, Student an der North Connecticut University
Wednesday Alexander, Spitzname „Wendy", Studentin an der North Connecticut University
Joe Warren, Besitzer der Bar McDuffy's
Vanessa Christie, Barkeeperin im McDuffy's

FATAL IDENTITY – NICHTS KANN UNS TRENNEN

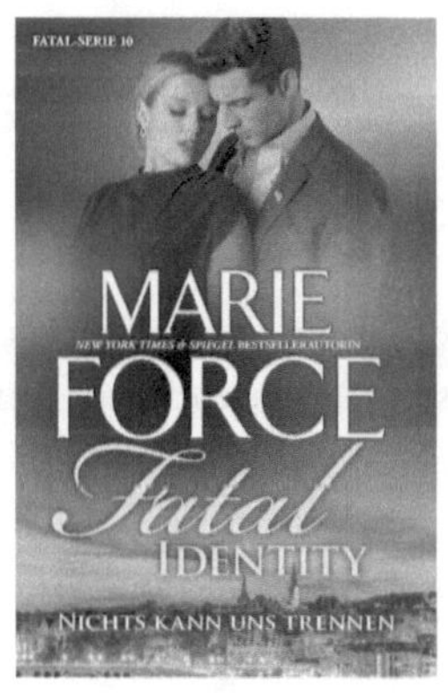

FATAL-SERIE BAND 10

Veröffentlichungsjahr des Originals: 2016
Erstveröffentlichung der deutschen Ausgabe: 6. Oktober 2020

Kurzbeschreibung

Jede Familie hat ihre Geheimnisse …

Der erste Hochzeitstag von Vizepräsident Nick Cappuano und
Lieutenant Sam Holland steht vor der Tür, und die beiden
freuen sich auf eine Auszeit auf Bora Bora, mit Sonne, Strand
und einer dringend benötigten Pause vom Trott in D. C.
Doch das Leben hat andere Pläne, und plötzlich werden Nick
und ihr Sohn Scotty krank.
Zu allem Überfluss wird Sam, obwohl sie eigentlich suspendiert ist, in einen neuen Fall hineingezogen. Josh Hamilton
schockiert sie mit der Behauptung, seine Eltern hätten ihn vor
dreißig Jahren als Baby entführt. Dabei ist sein „Vater" kein
anderer als der Direktor des FBI. Als ein brutaler Mord
geschieht, dämmert Sam, dass dieser Fall komplizierter ist als
zunächst gedacht. Ist es wirklich möglich, dass der allseits
geachtete Direktor an einer Kindesentführung beteiligt war
…?

Mehr über die Geschichte …

Sam und Nick planen, ihren ersten Hochzeitstag auf Bora
Bora zu feiern, müssen jedoch vor ihrer Abreise noch allerhand
Unerledigtes klären. Sam wird für vier Tage suspendiert, weil
sie sich Ramsey gegenüber zu einer Tätlichkeit hat hinreißen
lassen, und muss womöglich mit einer Anklage rechnen. Nick
und Scotty sind an Grippe erkrankt.
Nachdem er das Foto eines per Computer gealterten Kindes
gesehen hat, das ihm wie aus dem Gesicht geschnitten ist,
glaubt Josh Hamilton, der Sohn von FBI-Direktor Troy
Hamilton, er sei vor dreißig Jahren als Baby aus Tennessee
entführt worden. Sam und Avery gehen der Sache nach.
Staatsanwalt Tom Forrester hat Sams Verfahren wegen Körperverletzung an ein Geschworenengericht weitergeleitet und
erklärt, sich an die dort gefällte Entscheidung darüber halten
zu wollen, ob sie offiziell angeklagt wird oder nicht.
FBI-Direktor Hamilton wird in seinem Haus ermordet, und
Avery findet die Leiche. Freddie bringt Josh an einen sicheren

Ort, bis sie wissen, was vor sich geht, während der Fall Sam nach Tennessee führt, wo sie ebenfalls an Grippe erkrankt. Sam hält ihre erste Rede als Gattin des Vizepräsidenten und versöhnt sich nach zwanzig Jahren mit ihrer Mutter Brenda.

Personenverzeichnis

Wiederkehrende Charaktere mit ** gekennzeichnet
Samantha „Sam" Holland Cappuano, Lieutenant, Leiterin der Mordkommission, Metro PD
Nicholas „Nick" Cappuano, Vizepräsident der USA

Leslie Monroe, stellvertretende Direktorin für die Bereiche Verbrechensbekämpfung, Cyberkriminalität, Terrorismusabwehr und Datenbanken, Federal Bureau of Investigation
Dustin Jacoby, stellvertretender Direktor, Federal Bureau of Investigation
Courtney Hamilton, Ehefrau von FBI-Direktor Troy Hamilton
Josh Hamilton, Sohn von FBI-Direktor Troy Hamilton
Gillian MacKenzie, Assistentin des stellvertretenden Direktors, Federal Bureau of Investigation
Danielle Koch, Verwaltungsmitarbeiterin im Büro in Knoxville, Federal Bureau of Investigation
Dale Owens, Agent, Büro in Knoxville, Federal Bureau of Investigation
Mildred Spires, ehemalige Nachbarin der Familie Hamilton, Knoxville, Tennessee
Mark Hamilton, Sohn von FBI-Direktor Troy Hamilton
Maura Hamilton, Tochter von FBI-Direktor Troy Hamilton
Nancy Dumphries, Freundin von Courtney Hamilton in Knoxville
Chris Kinney, Zeuge
Nate, Personenschützer für den Vizepräsidenten, Secret Service

Chauncey Rollings, Vater von Taylor Rollings, der als Kind entführt wurde

Micki Rollings, Mutter von Taylor Rollings, der als Kind entführt wurde

Kurt Hager, Strafverteidiger, vertritt Sam

Watson, Detective, Franklin County, Tennessee Police Department

**Hernandez, Captain, Einsatzleiter der uniformierten Beamten, MPD

FATAL THREAT –
ICH GLAUB AN DICH

FATAL-SERIE BAND 11

Veröffentlichungsjahr des Originals: 2017
Erstveröffentlichung der deutschen Ausgabe: 22. November
2020

Kurzbeschreibung

Als der Secret Service sie einfach vom Tatort ihres neuesten Falls wegschafft, weiß Lieutenant Sam Holland, dass sie keinen gewöhnlichen Arbeitstag vor sich hat. Offenbar ist im Weißen Haus eine ernst zu nehmende Drohung gegen ihre Familie eingegangen, und Sam wird sich von niemandem – nicht mal ihrem Ehemann, dem Vizepräsidenten Nick Cappuano – verbieten lassen, persönlich bei den Ermittlungen mitzuwirken.

Schnell führen die Spuren in ihre eigene Vergangenheit, doch auch Nick sieht sich unvermutet Angriffen auf seine Integrität ausgesetzt. Je weiter Sam der Sache nachgeht, desto klarer wird: Die scheinbar zusammenhanglosen Geschehnisse haben direkt miteinander zu tun, und schließlich macht sich in Sam ein unglaublicher Verdacht breit …

Mehr über die Geschichte …

Sam und Freddie sind gerade am Fundort einer Leiche, die im Anacostia River trieb, als plötzlich der Secret Service auftaucht, der Sam zusammen mit dem Rest der Familie in einen Bunker bringt, da eine als glaubwürdig eingestufte Drohung gegen sie vorliegt. Nick ist unterdessen auf einer Dienstreise im Ausland. Sams Kollegen sind sich nicht sicher, ob sie nicht doch entführt wurde, und stellen ihrerseits Nachforschungen an.

Sams Ex-Ehemann Peter Gibson wird gefoltert und ermordet, was bei Sam unerwartet heftige Trauer auslöst. Das verstärkt sich, als sich herausstellt, dass er sterben musste, weil er sie vor dem Verantwortlichen hinter den Drohungen beschützt hat. Mitten in diesem Chaos sorgt Nicks Mutter Nicoletta bei einem Interview durch Lügen über ihren Sohn für Aufregung. Shelby bringt Noah zur Welt und trennt sich von Avery, nachdem ihm im denkbar ungünstigsten Moment Sams Name herausrutscht.

Jeannie und Michael heiraten. Sam lernt Detective Cameron Green von der Polizei in Fairfax kennen und ermutigt ihn, sich auf die Stelle in ihrem Team zu bewerben, die durch den Tod von Detective Arnold frei geworden ist. Gonzo kämpft weiterhin mit Schuldgefühlen wegen der Ermordung seines Partners.

Die Ermittlungen führen zu einem höchst unerwarteten Verdächtigen und bringen Sam und Nick in eine unangenehme Situation, als sie zu entscheiden versuchen, wie sie weiter vorgehen sollen.

Personenverzeichnis

Wiederkehrende Charaktere mit ** gekennzeichnet
Samantha „Sam" Holland Cappuano, Lieutenant, Leiterin der Mordkommission, Metro PD
Nicholas „Nick" Cappuano, Vizepräsident der USA

Brendan Sullivan, Bewährungshelfer, District of Columbia
Mike Lonergan, Zeuge, arbeitet auf der Marinewerft
Ruby Denton, Studentin, Capitol University, vermisst in „Fatal Threat – Ich glaub an dich"
Thomas J. Jackson, Personenschützer, Secret Service
Daniel Cooley, Personenschützer, Secret Service
Irma Gibson, Mutter von Peter Gibson
Donny Bautista, Entrepreneur, Freund von Peter Gibson
Lucy Kaul, Kollegin und Freundin von Peter Gibson
Dwayne Rogers, Freund von Peter Gibson
Anton Williams, arbeitet im District Market
Rose Samuels, Prostituierte und Drogensüchtige, in „Fatal Threat – Ich glaub an dich" tot im Anacostia River aufgefunden
Amber Dillon, Reporterin

Marilyn, Irma Gibsons Freundin
Amelia, Highschool-Freundin von Nick, die an Leukämie gestorben ist
Adele Jacobs, Nachbarin von Lucy Kaul
Buzz Janson, Gründer der Internet-Klatschseite politician.com
****Noah Faircloth**, Sohn von Shelby Faircloth, später von Avery Hill adoptiert
Dante Fields, Freund von Peter
****Christopher Nelson**, Sohn von Präsident David Nelson und First Lady Gloria Nelson
Stanley Ritter, Kollege und Komplize von Christopher Nelson
****Cameron Green**, Detective, Fairfax County, später Mordkommission, MPD
Phil Kent, Kollege von Peter Gibson
James, Detective, Partner von Cameron Green, Fairfax County

FATAL CHAOS – ALLEIN UNSERE LIEBE

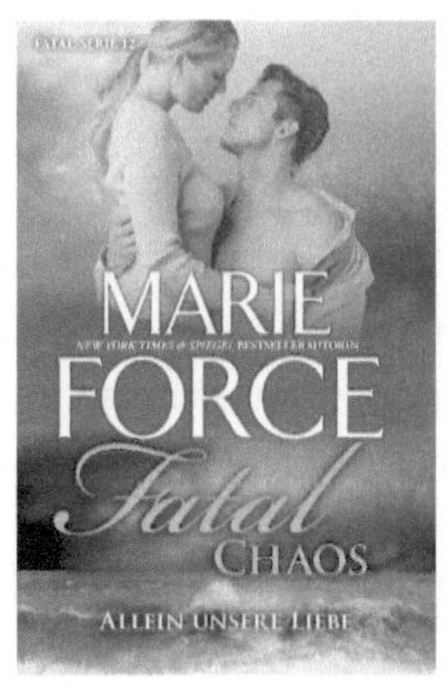

FATAL-SERIE BAND 12

Veröffentlichungsjahr des Originals: 2018
Erstveröffentlichung der deutschen Ausgabe: 11. Januar 2021

Kurzbeschreibung

Nach einigen wunderschönen Tagen mit Freunden und

Familie am Strand ist Lieutenant Sam Holland gerade zurück in Washington, als eine Serie tödlicher Schüsse aus einem fahrenden Auto die Stadt in Angst und Schrecken versetzt. Sam und ihr Team ermitteln rund um die Uhr und setzen alles daran, die skrupellosen Mörder zu stoppen. Unterdessen sieht sich Sams Ehemann Nick Cappuano als Vizepräsident der USA mit seiner bisher größten Herausforderung konfrontiert. Er muss eine Entscheidung treffen, die ihrer aller Leben dramatisch verändern und sogar das Aus für Sams Karriere bedeuten könnte. Ist Nicks und Sams Beziehung stark genug, um diesem wachsenden Druck standzuhalten?

Mehr über die Geschichte ...

Sam und Nick versuchen, mit der Erkenntnis umzugehen, dass es Präsident Nelsons Sohn war, der ihre Familie bedroht und Sams Ex-Mann getötet hat. Die Berichterstattung in der Presse ist unerbittlich, sodass ihre ohnehin schon hohe Bekanntheit ein gefährliches Niveau erreicht. Als sie aus dem Urlaub zurückkehren, erwartet Sam ein neuer Fall: eine Serie tödlicher Schüsse aus einem vorbeifahrenden Auto.
Sam und Gonzo ziehen Freddie wegen seiner bevorstehenden Junggesellenparty auf, die Sam ausrichtet. Detective Cameron Green kommt als Gonzos neuer Partner in die Mordkommission des Metro PD, muss aber feststellen, dass es schwer ist, Arnold zu ersetzen. Shelby und Avery versöhnen sich.
Deputy Chief Conklin führt persönlich Ermittlungen durch und verschweigt, dass ein ehemaliges Mitglied des Metro PD unauffindbar und wie vom Erdboden verschluckt ist. Wegen dieser Unterlassung wird er für eine Woche vom Dienst suspendiert, denn ausgerechnet dieser vermisste pensionierte Scharfschütze stellt sich als der Hauptverdächtige in Sams aktuellem Fall heraus.
Nachdem sie bei ihren Nachforschungen die Affäre eines SWAT-Team-Mitglieds aufdeckt und diesen Umstand ihren

Vorgesetzten meldet, zerbricht die Ehe des betreffenden Beamten. Wutentbrannt lässt der sich daraufhin zu einer Tätlichkeit Sam gegenüber hinreißen.
Nick wird unter Druck gesetzt, damit er vor dem Kongress gegen Nelson über die Situation mit dessen Sohn aussagt.

Personenverzeichnis

Wiederkehrende Charaktere mit ** gekennzeichnet
Samantha „Sam" Holland Cappuano, Lieutenant, Leiterin der Mordkommission, Metro PD
Nicholas „Nick" Cappuano, Vizepräsident der USA

Danita Jackson, Mutter des erschossenen Jamal Jackson
Jamal Jackson, Teenager, ermordet in „Fatal Chaos – Allein unsere Liebe"
Misty Jackson, Schwester von Jamal Jackson
Tamara Jackson, Schwester von Jamal Jackson
Vincent Andina, Freund von Jamal Jackson
Corey Richie, Freund von Jamal Jackson
Melody Kramer, werdende Mutter, ermordet in „Fatal Chaos – Allein unsere Liebe"
Joe Kramer, Ehemann von Melinda Kramer
Sarah Kramer, Schwester von Joe Kramer
Kelsey, Zeugin von Schüssen
Charlie, Zeuge von Schüssen
Sridhar Kapoor, Doktorand an der Georgetown University, ermordet in „Fatal Chaos – Allein unsere Liebe"
Rayna Kapoor, Ehefrau von Sridhar Kapoor
Caroline Brinkley, ermordet in „Fatal Chaos – Allein unsere Liebe"
Vanessa Marchand, sechsjähriges Mädchen, ermordet in „Fatal Chaos – Allein unsere Liebe"
Trey Marchand, Vanessas Vater
Delilah, Caroline Brinkleys Mitbewohnerin

Jian Chang, Krankenpfleger, ermordet in „Fatal Chaos –
Allein unsere Liebe"
Mary Jane Demmers, im Zuge der Ermittlungen vernommen
Rod Demmers, im Zuge der Ermittlungen vernommen
****Keeney**, Streifenpolizist, Metro PD
Dr. Rosemary Merrill, Psychiaterin, bei der Avery Hill in
Behandlung ist
****Kenneth Wallack**, Scharfschütze (im Ruhestand), Metro
PD, war mit Skip Holland, Joe Farnsworth und Jake Malone
auf der Polizeiakademie
Fitzgivens, Scharfschütze, Sondereinsatzkommando,
Metro PD
Sellers, Scharfschütze, Sondereinsatzkommando, Metro PD
****Dylan Offenbach**, Sergeant, Scharfschütze, Sondereinsatz-
kommando, Metro PD
Ginger, Shelbys Schwester

FATAL INVASION – WIR GEHÖREN ZUSAMMEN

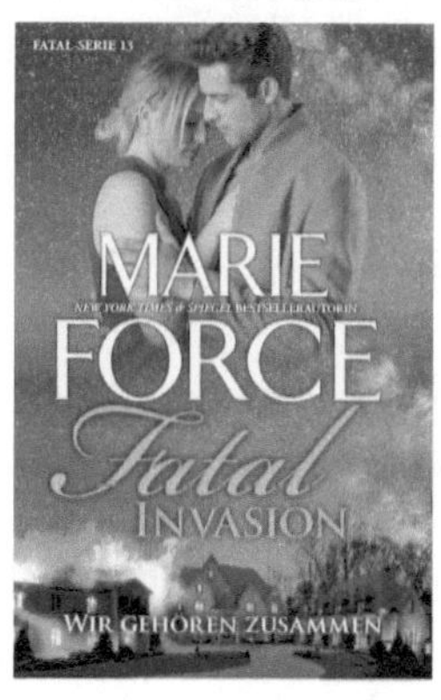

Fatal-Serie Band 13

Veröffentlichungsjahr des Originals: 2018
Erstveröffentlichung der deutschen Ausgabe: 2. März 2021

Kurzbeschreibung

Der bestialische Mord an einem Ehepaar erschüttert die Nachbarschaft in einem von Washingtons exklusivsten Wohnvierteln. Die einzigen Augenzeugen sind die Kinder der Opfer, fünfjährige Zwillinge. Selbst für Lieutenant Sam Hollands Verhältnisse ist das ein ungewöhnlicher Fall – und als sie die beiden Waisen kurzerhand mit zu sich nach Hause nimmt, riskiert sie nicht nur ihre Karriere, sondern auch ihr Herz. Während Sam und ihr Mann, Vizepräsident Nick Cappuano, sich für die kleinen Zeugen einsetzen, kämpft ihr Kollege Sergeant Tommy „Gonzo" Gonzales mit seinen eigenen Dämonen. Seine nicht enden wollende Trauer und Verzweiflung über den Tod seines Partners spitzen sich auf unvorstellbare Weise zu und bedrohen Gonzos Stellung in der Abteilung ebenso wie die Beziehung zu seiner Verlobten Christina. Wieder einmal hat Sam alle Hände voll damit zu tun, ihre Freunde zu schützen und die brutalen Täter dingfest zu machen …

Mehr über die Geschichte …

In diesem Band stoßen Aubrey und Alden Armstrong, deren Eltern bei einem brutalen Einbruch mit anschließender Brandstiftung in ihrem eigenen Haus ermordet worden sind, zur Familie Cappuano. Die Ermittlungen konzentrieren sich schnell auf Jameson Armstrongs ehemaligen Geschäftspartner, dessen Drohungen die Familie zum Untertauchen gezwungen hatten.
Nick trifft Vorbereitungen für einen Staatsbesuch in Europa und möchte, dass Sam ihn begleitet. Der kleine Alex fängt sich einen Infekt ein, und Gonzo ist nicht auffindbar. Nach dem tragischen Tod seines Partners und einer Verletzung im Dienst ist er in eine Opioidabhängigkeit abgerutscht und landet schließlich in einer Entzugsklinik.
Elin und Freddie heiraten im Naval Observatory, der offiziellen Residenz des Vizepräsidenten. Sam und Nick nehmen als Pflegeeltern Alden und Aubrey bei sich auf. Die haben mit

Elijah Armstrong zwar einen deutlich älteren Bruder und Vormund, der aber noch studiert und daher damit einverstanden ist, dass sich Sam und Nick um die Zwillinge kümmern. Für Unruhe sorgt die Tante mütterlicherseits, die sich ebenfalls um das Sorgerecht bemüht. Doch Elijah entscheidet, dass die Kinder bei den Cappuanos bleiben. Nicks Freund, der Arzt Dr. Harry Flynn, und Sams Stabschefin Lilia Van Nostrand machen ihre Beziehung bekannt.

Personenverzeichnis

Wiederkehrende Charaktere mit ** gekennzeichnet
Samantha „Sam" Holland Cappuano, Lieutenant, Leiterin der Mordkommission, Metro PD
Nicholas „Nick" Cappuano, Vizepräsident der USA

Jameson Armstrong (aka Jameson Beauclair), Ehemann von Cleo, Vater von Elijah, Aubrey und Alden, Opfer eines Raubüberfalls mit Brandstiftung, ermordet in „Fatal Invasion – Wir gehören zusammen"
Cleo Armstrong (Beauclair), Ehefrau von Jameson, Mutter von Aubrey und Alden, Opfer eines Raubüberfalls mit Brandstiftung, ermordet in „Fatal Invasion – Wir gehören zusammen"
Aubrey Armstrong (Beauclair), Tochter von Jameson und Cleo
Alden Armstrong (Beauclair), Sohn von Jameson und Cleo
Elijah Armstrong (Beauclair), Sohn von Jameson und seiner Ex-Frau Margaret Armstrong, Bruder von Aubrey und Alden
Duke Piedmont, Jamesons ehemaliger Geschäftspartner
Dave Gorton, Jamesons ehemaliger Geschäftspartner
Mrs Wallace, Sozialarbeiterin am George Washington University Hospital

Beatrice Reeve, Leiterin der Vorschule, die die jüngsten Armstrong-Kinder besuchen
Lauren Morton, Nachbarin der Armstrongs
Janice McMillian, Nachbarin der Armstrongs
****Dolores Finklestein**, Sozialarbeiterin des Jugendamts, District of Columbia
Margaret Armstrong, Jamesons erste Ehefrau, Mutter von Elijah
Marlene Peters, Zeugin
Emma Knoff, Elternbeiratsvorsitzende an der Northwest Academy
****Monique Lawson**, Cleos Schwester und Tante von Alden und Aubrey
****Robert Lawson**, Moniques Ehemann
****Leslie Dennis**, Cleos Mutter, Großmutter von Alden und Aubrey
****Chad Dennis**, Cleos Vater, Großvater von Alden und Aubrey
Victor Klein, Verdächtiger
Anthony Jenkins, Freund von Klein
Danny Baker, Freund von Klein
Luisa Sanchez, Haushälterin aus der Nachbarschaft der Armstrongs
****Milagros Cortez**, Haushälterin der Armstrongs

FATAL RECKONING –
SOLANGE WIR UNS LIEBEN

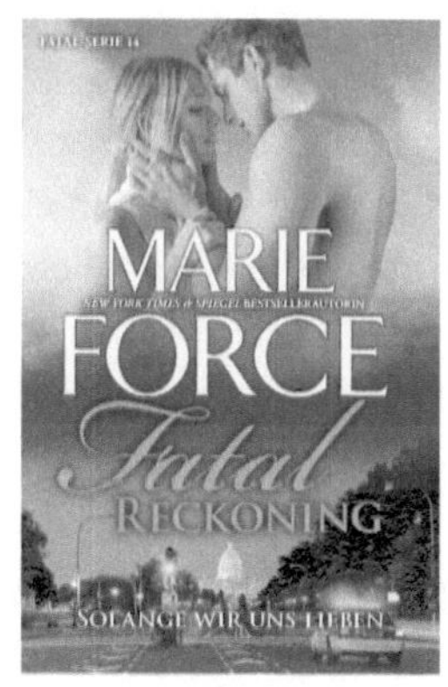

Fatal-Serie Band 14

Veröffentlichungsjahr des Originals: 2019
Erstveröffentlichung der deutschen Ausgabe: 18. April 2021

Kurzbeschreibung

Als Lieutenant Sam Hollands Vater Skip an den Folgen der

Verletzung stirbt, die er erlitten hat, als er vor Jahren im Dienst niedergeschossen wurde, bricht für Sam eine Welt zusammen. Auch wenn erst einmal die Trauerfeierlichkeiten für den ehemaligen Deputy Chief ihre Tage bestimmen, ist ihr klar, dass sie den feigen Anschlag aufdecken muss. Vizepräsident Nick Cappuano weiß, wie wichtig es für seine Frau Sam ist, endlich den Mörder ihres Vaters zu entlarven, daher unterstützt er sie, während sie den Fall ein weiteres Mal aufrollt. Ein anonymer Hinweis bringt schließlich den entscheidenden Durchbruch und führt Sam mitten hinein in eine eigentlich unvorstellbare Verschwörung, die bis in die höchsten Polizeikreise von Washington reicht …

Mehr über die Geschichte …

Ein verzweifelter Anruf ihrer Stiefmutter versetzt Sam in Panik, und kurz darauf findet sie sich in einem ihrer schlimmsten Albträume wieder: Ihr geliebter Vater Skip liegt im Sterben. Sam und ihre Schwestern treffen die schwere Entscheidung, seinen Willen zu respektieren und ihn gehen zu lassen. Damit ist ihre Stiefmutter nicht einverstanden, die verlangt, dass die Rettungssanitäter Wiederbelebungsmaß-nahmen einleiten. Nick erfährt auf der Rückreise aus Europa von Skips Tod. Freddie und Elin befinden sich in ihren Flitter-wochen in Italien, doch die beiden beschließen, nach Hause zu fliegen, um bei Sam und ihrer Familie zu sein.
Es gilt, Vorbereitungen für Skips Beerdigung zu treffen, der letztlich an den Folgen der Verletzung verstorben ist, die er sich im Dienst zugezogen hatte, sodass der Fall nun als Mord eingestuft wird. Sam und Freddie nehmen die Ermittlungen wieder auf und stoßen auf eine Verbindung zwischen dem Fall von Skip und dem seit Langem ungelösten Mord an seinem ersten Partner Steven Coyne.
Alle sind im Schockzustand, als bekannt wird, dass ein guter

Freund von Skip Informationen über die Schüsse auf ihn hatte, sie aber jahrelang zurückgehalten hat.

Patrick Connolly, Mitarbeiter der US-Drogenbehörde DEA, wird während seiner Mittagspause von einer verirrten Kugel getroffen und getötet. Der Zeitungsreporter Darren Tabor informiert Sam, dass es sich bei dem Opfer um den Mann seiner Kollegin Roni Connolly beim *Washington Star* handelt. Sam muss Roni die schreckliche Nachricht überbringen und verspürt spontan eine besondere Verbundenheit zu der verzweifelten jungen Frau.

Sams Schwester Angela ist mit ihrem dritten Kind schwanger.

Personenverzeichnis

Wiederkehrende Charaktere mit ** gekennzeichnet
Samantha „Sam" Holland Cappuano, Lieutenant, Leiterin der Mordkommission, Metro PD
Nicholas „Nick" Cappuano, Vizepräsident der USA

Neveah Charles, Streifenpolizistin, Metro PD, ist mit der Planung des offiziellen Teils von Skip Hollands Beerdigung betraut und hat so häufiger mit der Familie Holland zu tun
Roy Gallagher, Stadtrat, District of Columbia
Mick Santoro, Geschäftspartner von Gallagher
Dermott Ryan, Besitzer des Pubs O'Leary's, Geschäftspartner von Gallagher
Veronica „Roni" Connolly, Verfasserin von Nachrufen beim *Washington Star*, Ehefrau des ermordeten Patrick Connolly
Patrick Connolly, DEA-Agent, Ehemann von Roni, ermordet in „Fatal Reckoning – Solange wir uns lieben"

FATAL ACCUSATION – MEIN GLÜCK BIST DU

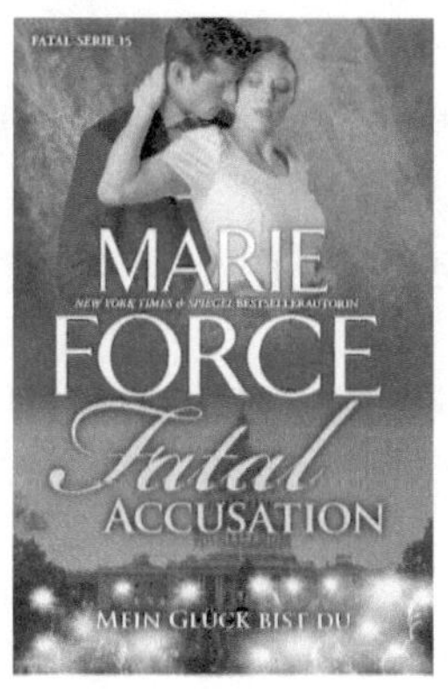

FATAL-SERIE BAND 15

Veröffentlichungsjahr des Originals: 2019
Erstveröffentlichung der deutschen Ausgabe: 6. Juni 2021

Kurzbeschreibung

Kaum hat sich die Aufregung nach dem jüngsten Skandal im

Weißen Haus gelegt, steht schon der nächste vor der Tür – und dieser hat die Sprengkraft, den Präsidenten endgültig sein Amt zu kosten: Er soll mit der Wahlkampfmitarbeiterin Tara Weber eine Affäre gehabt haben, und das ausgerechnet, während sich die allseits beliebte First Lady einer Krebsbehandlung unterziehen musste.

Während die Forderungen immer lauter werden, dass der Präsident seinen Rücktritt erklärt und Sams geliebter Ehemann Vizepräsident Nick Cappuano seinen Platz einnimmt, wird Sam zu einem Mordfall gerufen. Am Tatort muss sie zu ihrem Entsetzen feststellen, dass das Opfer keine andere ist als Tara Weber, die Ex-Geliebte des Präsidenten. Mit einem Mal geht es für Sam nicht mehr nur darum, einen Mörder zu ermitteln und der Gerechtigkeit zum Sieg zu verhelfen, sondern es gilt außerdem zu verhindern, dass sie und ihre Familie ins Weiße Haus umziehen müssen …

Mehr über die Geschichte …

Tara Weber, eine Mitarbeiterin aus Präsident Nelsons Wahlkampfteam, behauptet, dass er der Vater ihres Kindes sei. Kurz nachdem diese Geschichte an die Presse gelangt, wird Tara ermordet aufgefunden. Sam und Nick setzen alles daran, den Fall zu lösen, damit sie nicht gezwungen sind, ins Weiße Haus zu ziehen, was die Folge wäre, wenn Nelson zurücktreten müsste.
Eine Reporterin fragt Sam, ob sie und Nick noch „eigene" Kinder bekommen wollten – als zählten der adoptierte Scotty und die Pflegekinder Aubrey und Alden nicht oder als seien sie Kinder zweiter Klasse. Die Cappuanos sind empört.
Sam beschädigt ihr uraltes Klapphandy, sodass es nicht mehr zu reparieren ist – jetzt muss ein neues her. Zu ihrer Erleichterung gibt es immer noch Klappmodelle.
Sam und Dr. Trulo gründen eine Trauergruppe für Angehörige der Opfer von Gewaltverbrechen.

Shelby und Avery heiraten, Avery adoptiert Noah, und Shelby wird erneut schwanger.

Personenverzeichnis

Wiederkehrende Charaktere mit ** gekennzeichnet
Samantha „Sam" Holland Cappuano, Lieutenant, Leiterin der Mordkommission, Metro PD
Nicholas „Nick" Cappuano, Vizepräsident der USA

Tara Weber, leitende Politikberaterin von Präsident Nelson während dessen Wahlkampf, hatte eine Affäre mit dem Präsidenten, möglicherweise Mutter von dessen Sohn
Clare, Streifenpolizist, Metro PD
Youncy, Streifenpolizistin, Metro PD
Delany Russo, Taras Assistentin
Ben, Taras Cousin
Charles Weber, Taras Vater
Diana Weber, Taras Mutter
Bryce Massey, Taras Ex-Freund
Isabel, Praktikantin, Weltbank
Paige Thompson, Taras ehemalige Geschäftspartnerin
Roland Dunning, Conklins Verteidiger
Carly Sargant, Freundin von Tara
Suzanne King, Freundin von Tara
Ben Wilton, Kongressabgeordneter und fester Freund von Tara
Tim Finley, Geschäftsführer und Herausgeber von Daily-Politic
Monica, Shelbys Schwester
Davis Faircloth, Shelbys Vater
Josh Hill, Averys Bruder
Robert Mercer, Personenschützer, Secret Service, für Nelson zuständig

Olivia Jenson, Personenschützerin, Secret Service, für Nelson
zuständig
Hank Reynolds, Personenschützer, Secret Service, für Nelson
zuständig

FATAL FRAUD – NUR IN DEINEN ARMEN

FATAL-SERIE BAND 16

Veröffentlichungsjahr des Originals: 2020
Erstveröffentlichung der deutschen Ausgabe: 15. Juli 2021

Kurzbeschreibung

Während der Druck auf Vizepräsident Nick Cappuano

zunimmt, endlich bekannt zu geben, dass er für das höchste Amt im Staat kandidieren will, muss sich seine Frau Lieutenant Sam Holland mit den Ermittlungen in einem brutalen Mordfall herumschlagen, bei dem es viel zu viele Verdächtige mit einem Motiv gibt. Da der Ruf der Polizeibehörde der Hauptstadt unter den vielen Skandalen der letzten Zeit schwer gelitten hat, ist es jetzt umso wichtiger, schnell Erfolge vorweisen zu können. Als wäre das nicht schon genug, steht zudem Thanksgiving vor der Tür, das Sam zum ersten Mal ohne ihren geliebten Vater Skip begehen muss …

Mehr über die Geschichte …

In der Woche vor Thanksgiving besuchen Sam, Nick, Freddie, Elin, Michael und Jeannie Gonzo in der Entzugsklinik in Baltimore. Nick gibt bekannt, dass er sich bei den nächsten Wahlen nicht um eine Kandidatur für das Präsidentenamt bemühen wird, da es ihm wichtiger ist, zu Hause bei seiner Familie zu sein, die er sich sein ganzes Leben lang gewünscht hat.

Das erste Treffen von Sams und Trulos Trauergruppe findet statt.

Sam entdeckt, dass neben Virginia McLeod selbst auch ihr Ehemann und ihre Tochter in einen Betrugsfall verwickelt sind.

Freddie wird von einem der Betrugsopfer von Virginia McLeod mit einer Waffe bedroht.

Gonzo und Christina heiraten am Thanksgiving-Abend.

Später entspannen sich Sam und Nick nach einem anstrengenden Tag im Bett, als er von der Notfallnummer des Weißen Hauses einen Anruf erhält, der ihr Leben für immer verändern wird.

Sams und Nicks Geschichte geht weiter in „State of Affairs

– Liebe in Gefahr", dem ersten Band der First-Family-Reihe.

Personenverzeichnis

Wiederkehrende Charaktere mit ** gekennzeichnet
Samantha „Sam" Holland Cappuano, Leiterin der Mordkommission, Metro PD
Nicholas „Nick" Cappuano, Vizepräsident der USA

Henry, Personenschützer, Secret Service, für Nick Cappuano zuständig
Virginia „Ginny" McLeod, hat Freunde mit Anlagebetrug hintergangen, Mordopfer in „Fatal Fraud – Nur in deinen Armen"
Kenneth McLeod, Ehemann von Ginny
Phillips, Streifenpolizistin, Metro PD
Jestings, Streifenpolizist, Metro PD
Dan und Toni Alino, Freunde der McLeods, von Ginny um Geld betrogen
Brett Haverson, hat das FBI auf Ginny angesetzt, nachdem er durch sie Geld verloren hatte
Clarissa Haverson, Bretts Ehefrau
Amy Turnblat, Küchenleiterin im La Belle Vie in Potomac, Ramseys Geliebte
Lenore Worthington, Mutter des ermordeten Calvin Worthington
Calvin Worthington, vor fünfzehn Jahren als Teenager ermordet
Alison Enders, Ginnys Cousine
Tanya, Rezeptionistin im Büro des Vizepräsidenten der USA
Mandi McLeod, Tochter von Ginny und Ken
Kenneth McLeod jr., Sohn von Ginny und Ken
Kayla Owen, Reporterin bei WKLA, stellt die Frage nach den „eigenen" Kindern

Cheri Clark, Immobilienmaklerin, die mit Ginny zusammengearbeitet hat

****Vernon**, Personenschützer, Secret Service, Sam zugeteilt

****Jimmy**, Personenschützer, Secret Service, Sam zugeteilt

Mark Townsend, Besitzer des VocalExchange-Aufnahmestudios

Rob Heinke, Techniker bei VocalExchange

Tina Goss, College-Freundin von Ginny, die über sie investiert und das Geld verloren hat

Jack Goss, Tinas Ehemann, der sich umgebracht hat

Celeste, Freundin von Tina

Valerie Southern, Studentin, der Sam in der Metro zu Hilfe kommt

Hattie Townsend, Mark Townsends Ehefrau

Clara, ältere Frau, die im gleichen Haus wie Gonzo wohnt und auf Alex aufpasst

Kourtney, Personenschützerin, Secret Service, Sam zugeteilt

Belinda, Personenschützerin, Secret Service, Sam zugeteilt

Janet Milton, Schwester von Ginny McLeod

Baker, Streifenpolizist, Metro PD

WEITERE TITEL VON MARIE FORCE

Die Fatal Serie

One Night With You – Wie alles begann (Fatal Serie Novelle)

Fatal Affair – Nur mit dir (Fatal Serie 1)

Fatal Justice – Wenn du mich liebst (Fatal Serie 2)

Fatal Consequences – Halt mich fest (Fatal Serie 3)

Fatal Destiny – Die Liebe in uns (Fatal Serie 3.5)

Fatal Flaw – Für immer die Deine (Fatal Serie 4)

Fatal Deception – Verlasse mich nicht (Fatal Serie 5)

Fatal Mistake – Dein und mein Herz (Fatal Serie 6)

Fatal Jeopardy – Lass mich nicht los (Fatal Serie 7)

Fatal Scandal – Du an meiner Seite (Fatal Serie 8)

Fatal Frenzy – Liebe mich jetzt (Fatal Serie 9)

Fatal Identity – Nichts kann uns trennen (Fatal Serie 10)

Fatal Threat – Ich glaub an dich (Fatal Serie 11)

Fatal Chaos – Allein unsere Liebe (Fatal Series 12)

Fatal Invasion – Wir gehören zusammen (Fatal Serie 13)

Fatal Reckoning – Solange wir uns lieben (Fatal Serie 14)

Fatal Accusation – Mein Glück bist du (Fatal Serie 15)

Fatal Fraud – Nur in deinen Armen (Fatal Serie 16)

First Family

State of Affairs – Liebe in Gefahr, Band 1

State of Grace – Für alle Ewigkeit, Band 2

State of the Union – Du und ich gemeinsam, Band 3

State of Shock - Meine Liebe, mein Leben, Band 4

State of Denial – Riskantes Spiel mit dir, Band 5

State of Bliss – Unser Traum von Liebe, Band 6

State of Suspense – Zwei Seelen, ein Herz, Band 7

State of Alert – Verheißung des Glücks, Band 8

State of Retribution – Die Macht unserer Liebe, Band 9

Wild Widows

Someone like you – Neues Glück mit dir, Band 1

Someone to hold – Nur mit deiner Liebe, Band 2

Someone to love – Du mein Ein und Alles, Band 3

Someone To Watch Over Me – Mein Weg zu dir, Band 4

Someone to Remember – Allein die Liebe zählt, Band 5

Miami Nights

Bis du mich küsst

Bis du mich berührst

Bis du mich liebst

Bis du mich verzauberst

Bis du mit mir träumst

Die McCarthys

Liebe auf Gansett Island (Die McCarthys 1)

Mac & Maddie

Sehnsucht auf Gansett Island (Die McCarthys 2)

Joe & Janey

Hoffnung auf Gansett Island (Die McCarthys 3)

Luke & Sydney

Glück auf Gansett Island (Die McCarthys 4)

Grant & Stephanie

Träume auf Gansett Island (Die McCarthys 5)

Blütenzauber auf Gansett Island (Die McCarthys 19)

Riley & Nikki

Sommernächte auf Gansett Island (Die McCarthys 20)

Finn & Chloe

Verführung auf Gansett Island (Die McCarthys 21)

Deacon & Julia

Magie auf Gansett Island (Die McCarthys 22)

Jordan & Mason

Sonnige Tage auf Gansett Island (Die McCarthys 23)

Versuchung auf Gansett Island (Die McCarthys 24)

Cooper & Gigi

Neubeginn auf Gansett Island (Die McCarthys 25)

Jace & Cindy

Sturmwolken über Gansett Island (Die McCarthys 26)

Piper & Jack

Zuflucht auf Gansett Island (Die McCarthys 27)

Duke & McKenzie

Familienglück auf Gansett Island (Die McCarthys 28)

Sierra & Morgan

Downeast

Dan & Kara: Downeast – Wie alles begann

Dan & Kara: Heimkehr nach Bar Harbor

Die Green Mountain Serie

Alles was du suchst (Green Mountain Serie 1)

Endlich zu dir (Green Mountain Serie 1/Story *1)*

Kein Tag ohne dich (Green Mountain Serie 2)

Ein Picknick zu zweit (Green-Mountain-Serie/Story 2)

Mein Herz gehört dir (Green Mountain Serie 3)

Ein Ausflug ins Glück (Green-Mountain-Serie/Story 3)

Schenk mir deine Träume (Green-Mountain Serie 4)

Der Takt unserer Herzen (Green-Mountain-Serie/Story 4)

Sehnsucht nach dir (Green-Mountain Serie 5)

Ein Fest für alle (Green-Mountain-Serie 5/Story 5)

Öffne mir dein Herz (Green-Mountain-Serie 6/Story 6)

Jede Minute mit dir (Green-Mountain-Serie 7)

Ein Traum für uns (Green-Mountain-Serie 8)

Meine Hand in deiner (Green-Mountain-Serie 9)

Mein Glück mit dir (Green-Mountain-Serie 10)

Nur Augen für dich (Green-Mountain-Serie 11)

Jeder Schritt zu dir (Green-Mountain-Serie 12)

Ganz nah bei dir (Green-Mountain-Serie 13)

Meine Liebe für dich (Green-Mountain-Serie 14)

Eine Ewigkeit für uns (Green-Mountain-Serie 15)

Die Neuengland-Reihe

Vergiss die Liebe nicht (Neuengland-Reihe 1)

Wohin das Herz mich führt (Neuengland-Reihe 2)

Wenn das Glück uns findet (Neuengland-Reihe 3)

Und wenn es Liebe ist (Neuengland-Reihe 4)

Für immer und ewig du (Neuengland-Reihe 5)

Die Quantum Serie

Tugendhaft (Quantum-Serie 1)

Furchtlos (Quantum-Serie 2)

Vereint (Quantum-Serie 3)

Befreit (Quantum-Serie 4)

Verlockend (Quantum-Serie 5)

Überwältigend (Quantum-Serie 6)

Unfassbar (Quantum-Serie 7)

Berühmt (Quantum-Serie 8)

Erhaben (Quantum-Serie 9)

Andere Bücher

In the Air Tonight – Im Dunkel der Nacht

Sex Machine – Blake und Honey

Sex God – Garrett und Lauren

Five Years Gone – Ein Traum von Liebe

One Year Home – Ein Traum von Glück

Mein Herz für dich

Nicht nur für eine Nacht

Take-off ins Glück

The Fall – Du und keine andere

Dieses Mal für immer

Helden küsst man nicht

Küsse für den Quarterback

Gilded Serie

Die getäuschte Herzogin

Eine betörende Braut

ÜBER DIE AUTORIN

Marie Force ist New-York-Times-Bestseller-Autorin von zeitgenössischen Liebesromanen und Romantic Suspense. Zu ihren Büchern gehören unter anderem die beliebten Reihen „Fatal", „First Family", „Gansett Island", „Butler Vermont", „Neuengland", „Miami Nights" und „Wild Widows" sowie die erotische „Quantum"-Serie. Ihre Bücher haben sich weltweit bislang mehr als zehn Millionen Mal verkauft, wurden in ein Dutzend Sprachen übersetzt und standen über dreißigmal auf der New-York-Times-Bestseller-Liste. Außerdem ist sie USA-Today- und #1-Wall-Street-Journal-Bestseller-Autorin und in Deutschland Spiegel-Bestseller-Autorin.

Ihre Ziele im Leben sind einfach: Bücher zu schreiben, solange sie kann, ihre beiden Kinder weiter dabei zu unterstützen, glückliche, gesunde und produktive junge Erwachsene zu werden, und niemals in einem Flugzeug zu sitzen, das Schlagzeilen macht.

Tragen Sie sich in Maries Mailingliste ein, um alles Wichtige über neue Bücher und Veranstaltungen zu erfahren. Folgen Sie ihr auf Facebook und auf Instagram.

www.ingramcontent.com/pod-product-compliance
Lightning Source LLC
Chambersburg PA
CBHW021338060726
47591CB00006B/2075